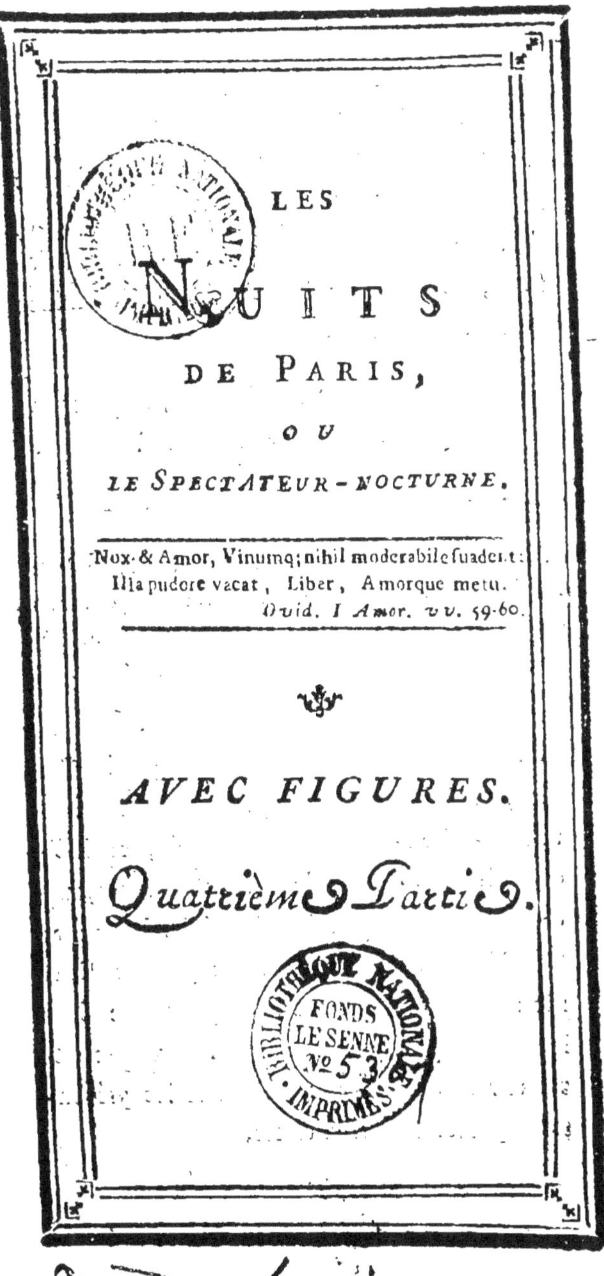

LES

NUITS DE PARIS,

OU

LE SPECTATEUR-NOCTURNE.

Nox & Amor, Vinumq; nihil moderabile suadent:
Illa pudore vacat, Liber, Amorque metu.
Ovid. I Amor. vv. 59-60.

AVEC FIGURES.

Quatrième Partie.

Sujet de la FIGURE de la IV.me Partie :

Le *Spectateur-nocturne*, dans le **Gîte** de la rue Jean-Sanitdenis, derangeant un vieux Tableau, derrière lequel est une scène de nuit : Au plafond, est une Tête d'Homme, qui l'examine : Une Femme entre, qui lui dit :

» Puisque vous ne vous couchez pas, ... pourquoi » venir dans cette maison » !

NOTA. On trouvera toujours la Table, à la fin de la Partie. Il est important d'y avoir recours, pour voir d'un coup-d'œil, la suite des recits, dont le denoûment est éloigné du corps de l'anecdote.

On s'est aperçu que, pour ne pas couper les Recits, ou des morceaux importans, on les mettait de-suite, sous la même Nuit, en indiquant les Sections par des lettres majeures, auxquelles on renvoyait dans les Nuits suivantes : On n'a pas suivi cette règle pour le Drame : Mais l'extrême variété qui règne dans les traits rapportés par le SPECTATEUR-NOCTURNE, oblige à prendre toutes les précautions possibles pour la clarté.

LES
NUITS DE PARIS,
OU LE
SPECTATEUR-NOCTURNE.

LXIX NUIT.
SUITE DE LA MUETTE.

Je sortis le soir, pour aler lire mon second Acte, que j'avais mis au-net dans la journée. J'étais profondement occupé de l'avanture de la Jolie-blonde, ét de celle de l'Epouse malheureuse, ét je voulais m'informer de toutes-les-deux: Mais le hasard ne nous sert pas toujours comme nous le desirons: ce fut la suite de la Muette, fille d'un Perruquier, la même qui était disparue le soir où j'avais trouvé la mienne, que le sort me donna. Je quittais la rue Tarane, pour entrer dans celle des Saintspères, lorsque j'entrevis une Femme qui sortait d'une maison à-porte-cochère, avec deux Jeunesfilles. La curiosité me fit avancer. Je reconnus la Femme, pour la sœur d'une Danseuse-enfant d'un nouveau petit ſpectacle, appelé l'Ambigü-comique. J'étais tenté de ralentir mon pas, ét de laiſſer cette Femme ſ'éloigner ; de pareils Êtres ſont ſouvent des Courtières de libertinage, en quelque-ſorte autoriſées. Mais cette Femme elle-même m'ayant aperçu, elle m'appela. Je m'approchai. —Ma Tante m'a dit, qu'elle vous avait rencontré, il y a quelque-temps ; ét que vous lui aviez conſeillé de ſe retirer dans notre pays ? —Quoi! feriez-vous Manon ? —Oui, je ſuis la couſine de votre Zefire-. A ce mot, je me ſentis vivement intereſſé pour cette Femme, que j'avais revue pluſieurs fois, ſans la reconnaître. C'était Nannette, qui lui avait dit, que tel Homme qu'elle avait rencontré, en telle occaſion ſur le boulevard, était Celui qu'elle connaiſſait. Je lui demandai, quelles étaient les Enfans qu'elle avait avec elle ? —L'Une, eſt ma fille ; elle a 12 ans : l'autre, une petite Infortunée, ſourde ét muette, mais jolie, ét pleine d'intelligence, qu'une Femme de ma connaiſſance a volée dans la rue Saintjacques. Mais elle n'a pu la garder : La Petite feſait des hurlemens, dès qu'on voulait la toucher : Elle me l'a donnée, en me priant de ne la rendre, que lorſqu'elle aurait changé de quartier. Comme il ne m'en coûte pas plûs de nourrir cette Enfant avec les deux miens, je l'ai gardée, pour obliger une Malheureuse, qui serait punie. Je m'y attache, ét la pauvre Enfant m'aime bien! Je voudrais qu'elle pût faire quelque-chose au theatre: mais c'est l'impossible: cependant, si on pouvait la former, ce serait un Objet de curiosité, qui ferait gâgner de l'argent à la Propriétaire. Il serait aisé de lui faire faire des choses extraordinaire, de lui apprendre à deviner, par-exemple; le monde de Paris est si credule, qu'on aurait cent fois plûs de foi a une Sourde-ét muette, qu'à une Persone ayant ses cinq-sens-de-nature-. Je m'informai de la manière dont vivait Manon; j'alai chés elle, ét je crus pouvoir y laisser la Muette, jusqu'à mon retour de chés la Marquise.

Je continuai de lire ma Pièce.

SECOND ACTE.

(*Le Theatre represente l'appartement du Directeur Dorval*).

I scène. *Dorval* (*seul en robe-de-chambre, à son bureau, un pamflet à la main*).

Quelle trame odieuse! Et c'est par hasard, que j'échappe à un aussi grand peril !... On m'accuse de tyrannie, de concussion... On profite d'un accident innocemment causé par un Jeunehomme, dans ma voiture, ét que je ne sais que de ce matin, pour me representer aux ieux d'un Ministre vertueux, compâtissant; comme un Opulent sans humanité !... On m'attaque par un pamflet infâme: sans un Jeunehomme, un Inconnu, il paraissait, il fesait impression peutétre, ét j'étais... perdu !... Grâces à cet Enfant, tout est prevenu... Que je lui dois de reconnaissance !... Il a refusé de se nommer; mais il doit appartenir à ce qu'il y a de plûs estimable dans la Capitale... Il semble que la vertu soit naturelle à certaines phisionomies: la sienne est ouverte, modeste, riante, belle... Que je voudrais que le Marquis lui ressemblât !.... Mais on ne peut tout avoir; le Marquis est aimable... La perte de mon portefeuille m'inquiète neanmoins !... elle m'inquiète doublement !... Centvingtmille livres !... ma fortune en souffrira... Etpuis, ce memoire contre Fortville pourrait donner des armes à mes Ennemis !... Rien n'y est prouvé... Dailleurs, cet Homme jouit d'une excellente reputation; s'il alait étre estimable? je serais au-desespoir de l'avoir calomnié... (*Il appelle.*)

Dupré?... Que les Valets sont lents, quand on les attend!... le service est bien mal-fait!... les Petites-affiches n'arrivent pas!... ou plutôt mon impatience... Mais je crois entendre Dupré.

II scène. *M. Dorval*, *Dupré.*

Dupré (*arrivant*) : Voici les Petites-affiches.

M. Dorval (*vivement*) : Enfin!... Voyons? (*il cherche*). Vous avez été longtemps!

Dupré (*regardant avec lui*) J'ai vu votre Jeunehomme de ce matin, rentrer chés ses Parens; en sortir, rentrer encore. Je l'aurais suivi, où il va en ce moment, si je n'avais preferé de parler à ses Parens.

Dorval. Vous avez saisi l'occasion de vous informer?

Dupré. Je n'avais garde d'y manquer!... Je suis entré, comme de votre part, dès qu'il a été un-peu loin. J'ai voulu voir l'air, le ton de la maison, ét penetrer jusqu'aux Maîtres: j'ai demandé à leur parler: J'ai vu la Mère, qui m'a paru la Dame la plûs respectable, ét je me suis assuré que le Jeunehomme était le fils de la maison. J'ai vu aussi une Jeunepersonne...

M. Dorval. Vous savez le nom?

Dupré. Mafoi, je ne l'ai pas demandé! Mais je connais la maison, ét... le Jeune-homme est ami du Marquis... Ils sont camarades de collége, ét ce matin ils se sont vus. Il y a une Femme-de-chambre éveillée, ét d'une impertinence!... Ce sont des Gens-comme-il-faut!

M. Dorval. Toujours les choses à-demi! Ne pas savoir le nom!...

Dupré (*lisant avec lui*) Monsieur, voila votre article... Un PORTEFEUILLE.

M. Dorval. Comment! cinq louis!... c'est cinquante louis!... Qui diable rapportera 120-mille livres, pour cinq louis!

Dupré. Cela n'est pas engageant.

M. Dorval. Votre reflexion est deplacée... Alez faire rectifier l'erreur, pour demain.

Dupré (*prêt à sortir, revient pour annoncer Fortville*) Votre Jeunehomme.

M. Dorval. Restez. (*Dupré se met à-l'écart.*

III scène. *M. Dorval, Dupré, Fortville.*

M. Dorval. Hé! bonjour, mon Jeune Ami! Tout est reparé: le libelle est saisi; ét j'ai tenu ma parole, pour les malheureux Instrumens de la mechanceté.

Fortville. Je vous en felicite, Monsieur... D'après ce que je viens de lire, c'est à vous qu'appartient ce portefeuille?

M. Dorval. Quoi ! c'est encore entre vos mains, que mon bien perdu est tombé !... Mon bonheur est trop grand.... Mais j'aime à vous le devoir.

Fortville. Vous mettez un prix, à ce qui est d'obligation de ma part. Voyez, Monsieur.

M. Dorval. Tous mes effets y sont : Mais il y manque un papier de consequence !... C'est un memoire contre un Monsieur De-Fortville...

Fortville. Je connais M. De-Forville: c'est un homme-d'honneur.

M. Dorval. Après le service que vous m'avez rendu ce matin, ét le plaisir que vous me faites en ce moment, je dois entendre de votre bouche le bien que vous me dites, de mon plûs cruel Ennemi.

Fortville. Je vous connais, Monsieur, ét je ne suis pas connu de vous : je sais que vous etes Monsieur Dorval ; que vous avez d'excellentes qualités : mais que vous étes l'ennemi d'un Homme vertueux... Je vous ai servi vous connaissant : Si M. De-Fortville avait fait la même decouverte, il vous aurait également obligé: Que je vous rende le bon-office de vous detromper sur le compte d'un Homme-d'honneur, ét de vous forcer à l'eſtimer ! Voici votre memoire : le Fils de M. De-Forville eſt mon ami, ét c'eſt lui qui veut qu'on vous le rende : Il pouvait le montrer à ſon Père ; il ne l'a pas fait, quoiqu'il ſache très-bien, que lorſqu'on inculpe un Homme, ét qu'on aime la verité, jamais on ne doit lui faire un ſecret des accusations.

M. Dorval. Vous m'étonnez ! hé ! quels rapports avez-vous avec Fortville ?

Fortville. Vous le ſaurez un-jour, Monſieur. Quant à-present, ce que je puis vous dire, c'eſt que je le regarde comme le plûs honnête des Negocians français : Il eſt riche ; mais c'eſt de patrimoine, ét par ſon travail ; c'eſt par des lumières ſuperieures ; par l'économie de ſon Epouse ; par le juſte accord qui règne entr'eux.. Pour vous, Monſieur, je vous regarde comme un Homme-de-merite, intelligent, dont les vues ſont pures, lors même qu'il n'eſt pas juſte : J'ai decouvert qu'on voulait vous deshonorer, ét j'ai cru devoir vous avertir. Votre ſagacité a fait le reſte.

M. Dorval. Je vous dois une reconnoiſſance éternelle, ét je ne reſterai pas ingrat.. Mais vous me quittez bien-vîte.

Fortville. J'ai des devoirs à remplir.

M. Dorval. J'ai toujours obſervé que

les Gens-de-merite ne ſ'en diſpenſaient jamais... Combien je me félicite de vous devoir deux ſervices importans!... Supposons que mon porteſeuille fut tombé entre les mains de Quelqu'un de mes Ennemis ; quelle ſource de desagremens !

Fortville (*ſe retirant*) Il y était tombé, dans les mains de Ceux que vous regardez comme vos Ennemis : Croyez à la vertu : vous n'avez pas de motifs qui vous en empèchent.

M. Dorval. Je n'ose vous retenir.... Peutêtre eſt-ce le Fils de Fortville, qui... vous a remis...

Fortville (*rougiſſant*) Il y a... cinq louis,... je crois, Monſieur?...

M. Dorval (*ſurpris, comme ſortant d'une rêverie profonde*) Cela eſt trop juſte!... Je n'osais... En voila dix... ét je ne ſuis pas quitte... (*Il lui met un petit rouleau dans la main*).

Fortville (*ſortant*) C'eſt pour elle!

IV ſcène. *M. Dorval, Dupré.*

M. Dorval. Voila une diſparate ſingulière! Il a demandé la recompenſe!... Je n'osais, l'offrir.... Dupré?

Dupré. Monſieur.

M. Dorval. Faites ſuivre ce Jeune-homme: Que je ſache toutes ſes demarches. (*Dupré ſort*).

v scène. *M. Dorval* (*seul*).

Que signifie cette conduite?... Il a pris vivement le parti de Fortville?.,. Il connaît son Fils... Si c'était le Fils de Fortville?... Est-il, dans notre siècle, une vertu aussi peu croyable?... Et-puis le Fils de Fortville n'aurait pas demandé la recompense... sans de fortes raisons... Les affaires de ce Negociant celèbre seraîent-elles derangées? Mais qu'est-ce que dix louis?... Je m'y pers!.. Certainement ce Jeunehomme a de l'énergie! Mais il y a du bizarre dans sa conduite!... Demander la recompense!...

vi scène. *M. Dorval*, *Dupré*.

Dupré (*une lettre à la main*) On execute vos ordres, Monsieur, et l'on saura toutes les actions de votre Jeune-inconnu: le Jockey le suit... Mais voici une lettre, qu'on apporte à-l'instant; un Petitgarson, qui n'a pas voulu attendre la reponse.

M. Dorval (*ouvrant la lettre*) Encore quelque nouvel avis!... » Mon » chèr Frère: (*Il lit à-l'écart*) » Je suis » à Paris depuis le moment où la mort » de nos Parens dispersa toute leur Fa» mille. Sans la fortune, la noblesse est » un fardeau. Pauvre, n'esperant rien, » je me suis tenue cachée dans cette Ca-

» pitale: J'ignorais votre sort, parce-
» que je cachais le mien dans l'obscurité
» la plûs profonde, ét la condition la plûs
» basse: J'ai pris un metier, je me suis
» mariée à un Honnêtehomme, né pour
» le travail, ét qui s'y livrait sans honte
» ét sans chagrin. J'étais encore effra-
» yée d'avoir vu mon Père gemir de sa no-
» blesse, dont il ne pouvait soutenir la
» dignité. J'ai vêcu assès heureuse; jus-
» qu'au moment où je suis devenue veu-
» ve... Depuis deux ans, je nourrissais
» huit Orfelins de mon seul travail,
» lorsqu'un accident cruel m'est arrivé...
» C'est depuis ce moment que je sais vo-
» tre fortune... Je ne vous en dirai pas
» davantage, étant convalescente, si ce
» n'est que le même Jeunehomme, qui
» vous a rendu service ce matin, m'a
» conservé la vie. Votre Sœur,
» Adelaïde Dorval, veuve St.-Albin ».

(*à Dupré*): Aussitôt que le Jockey sera de retour, je sortirai par le jardin: Que ma voiture m'attende sur le boulevard.... (*relisant*) » Le méme Jeune-
» homme, qui vous a rendu service ce
» matin, m'a conservé la vie »... Il me semble qu'un voile va se dechirer, ét que ce Jeune-écolier est le heros ét le chéf-d'œuvre de l'humanité.

Dupré. Je vais donner vos ordres. (*à l'entrée du ſallon*): Le carroſſe de Monſieur .. (*un geſte exprime le reſte*).

M. Dorval (*à-part*) Elle ne marque pas ſon adreſſe !... Il eſt des Parens pauvres qui vous harcèlent: Ma Sœur n'oſe ſe montrer !... (*à Dupré*): Si Quelqu'un vient, je n'y ſuis pour Perſonne; excepté ... le Jeunehomme, ét le Marquis de Saintſal. (*Il rentre*).

VII ſcène. *Dupré* (*ſeul, dans le fauteuil de ſon Maître*): Mon Maître a ſon portefeuille: c'eſt le principal... C'eſt de l'humeur ét des ſoupçons demoins... (*Il entend du bruit, ét ſe retourne*): Voici le Marquis de Saintſal... Je ne ſais! mais je crains que cette nouvelle acquiſition de mon Maître, ne lui donne de la tablature !

VIII ſcène. *Dupré, le Marquis.*

Le Marquis (*vivement*) Monſieur Dorval n'eſt pas ſorti ?

Dupré. Non. Deja de retour du Collége, Monſieur!

Le Marquis. Je n'y vais pas aujourdhui.

Dupré. Cela vous arrive ſouvent !

Le Marquis. Puiſque Monſieur Dorval eſt là, j'ai à lui parler.

Dupré. Il y eſt pour vous.

Le Marquis (*avec dedain*) Je le ſais !... Tu veux me faire entendre... qu'il eſt occupé...

Dupré. Je le penſe... Mais, MONſieur, M. Dorval ne me tutoie pas.

Le Marquis. Nous-autres, Gens-de-qualité... nous tutoyons nos Valets. Je ne veux pas le deranger: Je vais te charger de l'inſtruire...

Dupré. Monſieur de la politeſſe... ou...

Le Marquis. Je ne t'écoute pas....... Tu ſais que Monſieur Dorval a perdu ſon portefeuille ?

Dupré. Certainement, Monſieur !

Le Marquis. J'en ſais des nouvelles... Je m'étais lié avec un ... certain Fortville... le fils d'un gros Negociant.

Dupré. N'eſt-ce pas de cette Maiſon que vous ſortiez ce matin?

Le Marquis. Tu m'as vu ?... Ce n'eſt pas que j'aime Fortville : Je me ſuis lié avec lui, pour ſervir Monſieur Dorval : Le Père de Fortville eſt ſon ennemi, ét je prétens decouvrir quelque-choſe.

Dupré. Mais, le portefeuille ?

Le Marquis. Je viens de le voir : Je ſuis ſûr qu'il ne le rendra pas... Le Jeunehomme qui l'a trouvé, eſt devenu libertin! ét il depenſe! il depenſe!... Il a vendu juſqu'aux brillans du Portrait de ſa Mère, ét de celui d'une Jeune-Anglaise,... qu'on lui deſtine, ét qui ne ſera pas pour lui, ſi M. Dorval veut me ſeconder !...

Dupré. Hâ! j'y ſuis: voila le but de la liaison!

Le Marquis. J'ajoute qu'il va dans une maison... très-ſuſpecte !

Dupré. Vous m'étonnez !... Mais, comment ce Jeunehomme a-t-il trouvé le portefeuille ?

Le Marquis. Voila ce que j'ignore... Mais, ce matin, j'avais été prendre Fortville, pour aller au Collége... (C'eſt un pretexte, comme bien tu penſes, pour faire connaiſſance avec la Jeune-Anglaise)! ét j'ai vu le portefeuille de Monſieur Dorval, entre les mains de Quelqu'un... Une heureuse idée m'eſt venue d'éprouver le Quidam... Il ſuccombera, j'en ſuis ſûr! ét je donnerai un moyen à Monſieur Dorval de faire bien de la peine à ſon Ennemi !

Dupré (à-part) La belle âme ! *(haut)* Cela eſt merveilleux ! mais il faut abſolument parler à Monſieur: C'eſt une nouvelle intereſſante, que vous avez à lui apprendre-là... Je vais le prevenir.

Le Marquis (voulant entrer). Non non ! je vais m'expliquer moi-même...

Dupré (*le repoussant fortement*) Je dois vous annoncer.

IX scène. *Le Marquis* (*seul*).

Comme ces Valets font les importans!... Cela n'est pourtant pas mal; ét quand j'en aurai, je veux qu'ils soient d'une insolence... Mais Ceux de Monsieur Dorval!... cela fait pitié!... (*frottant dans ses mains*). Je serai vengé de Fortville!... Hô! s'il pouvait avoir distrait quelque-chose!... Garder le tout, n'est pas possible... Hâ-ha! que fait-on? Les Gens de cette clâsse n'ont pas l'âme fort-élevée!... Je connais les Parens de Miss Charlote: ils sont nobles; une bassesse, ne fût-elle qu'apparente, les revolterait... L'excellente idée qui m'est venue, de ne pas dire, que je reconnaissais le portefeuille!.,. J'alais bonnement lui proposer de partager la recompense... Monsieur Fortville se donner, avec moi, des airs-de-vertu!... jouer le tendre fils!... Il m'est insupportable.... Nous alons voir...

X scène. *Le Marquis*, *Dupré*.

Dupré. Monsieur vous attend.

Le Marquis. Je puis donc entrer! Monsieur l'a prevenu?

Dupré. Oui; Monsieur est au-fait, ét desire de vous entendre vous-même.

XI scène *Dupré (seul).*

Mon Maître veut épouser la Mère du Marquis, une Coquette..... Et cela, pour adopter ce Jeunehomme,... ét relever une Famille noble, qui compte des Heros (dit-on). C'est fort-bien! L'idée est belle!... mais est-elle heureuse?... Le Marquis a un mauvais cœur... Temoin cette pauvre Femme, qu'il a renversée, en-courant comme un Fou, dans le cabriolet! Il pouvait la soulager, en l'avouant à Monsieur, qui est bon, humain... ét il a defendu au Jockei, au Cocher de parler... Mais ils m'ont tout avoué, ce matin, ét j'en-ai fait part à mon Maître... Avec un mauvais-cœur, on est ingrat; ét les Ingrats ne donnent jamais de satisfaction... Quel sort, que celui des Gensd'affaires! Ils s'enrichissent, en multipliant leurs Ennemis, come leur argent; ensuite, ils ne savent qu'en faire!... Les organes, pour en jouir, se sont usés à l'amasser... Ils veulent illustrer leur fortune... Il me semble, à-moi, qu'il vaudrait mieux la partager, entre mille Malheureux, qu'on mettrait à-l'aise, sans les empêcher de travailler, que de faire un Grand, que sa fortune éblouit, ét qui donne dans tous les vices... Dans le premier cas, on serait juste, en fesant refluer les richesses où elles ont été puisées: Dans le second, on en gorge par vanité ou par faiblesse, un Dissipateur vicieux, qui les distribue au luxe, au vice, et elles servent à convaincre le monde, que la triste vertu ne mène qu'à la misère *... Quel dommage que je n'aie pas etudié !... Je sens-là que j'aurais eu des idées neuves...

XII scène. *M. De Fortville (l'air abatu).*

M. De-Fortville. Monsieur Dorval...

Dupré. Il est sorti, Monsieur.

M. De-Fortville. Sorti! Sa voiture l'attend, ét j'ai à lui parler d'une affaire importante.

Dupré. Vous alez voir, Monsieur, que sa voiture ne l'attend pas. Elle part, sans lui.

M. De-Fortville. Je sais qu'il n'est pas sorti.

Dupré. C'est une persecution!.. Hébien, Monsieur, il n'est pas visible-

M. De-Fortville. Annoncez-moi!

Dupré. Cela ne se peut pas.

M. De-Fortville. Que votre Maître decide lui-même, si je dois lui parler!

Dupré. Je ne prendrai pas la liberté

* Ce monologue était beaucoup plùs étendu; on en supprime la moitié.

d'aler contre les ordres de mon Maître : Il m'a defendu d'annoncer Perſonne.

M. De-Fortville. Me connaiſſez-vous?

Dupré. Non, Monſieur: mais il n'exiſte pour moi, que deux claſſes d'Hommes dans le monde: mon Maître compose la première, ét tous les autres Hommes la ſeconde.

M. DeFortville. Vous étes bien entier! Votre Maître ſera charmé de me voir!

Dupré. Je n'en doute pas, Monſieur! mon Maître aime à voir les Honnêtes-gens: mais il eſt ſtricte, ét n'entend pas que je juge de ce qui peut lui faite plaisir, en alant contre ſes ordres.

M. De-Fortville (ſe parlant à lui-même) Maudit ſoit le premier Egoïſte, qui établit l'usage impoli de renvoyer inhumainement l'Homme occupé, qu'il entend implorer une audience !... (*à Dupré*): J'attendrai, ici, que votre Maître ſorte de ſon cabinet.

Dupré. Libre à vous, Monſieur ! mes ordres ne ſont pas de mettre Perſonne dehors.

M. De-Fortville (ſ'aſſeyant) N'eſt-ce pas vous, qui, tantôt êtes venu chés M. De-Fortville ?... pour un Jeunehomme, dont vous étiez chargé de vous informer ?

Dupré.

Dupré. Hâ !... Oui, oui, Monſieur.

M. De-Fortville. Je viens pour la même affaire, qui avait engagé votre Maître à vous envoyer chés moi.

Dupré. Monſieur eſt le père du Jeunehomme !... Je ſuis au-deseſpoir de ne vous avoir pas annoncé ! j'y cours.

XIII ſcène. *M. De-Fortville* (*ſeul*).

Voila comment des usages ridicules, paſſés des Grands, chés la Bourgeoisie, font manquer des affaires importantes!... Quel inſolent ceremonial, pour parler à ſon Pareil ! Un Portier vous ſiffle... Heureux quand il ne vous renvoye pas, après vous avoir toisé. Vous paraiſſez enſuite devant le Laquais... Autre examen. Monſieur n'y eſt pas... pour vous : Vous lisez ces deux derniers mots ſur la maldroite phisionomie du bas Menteur automate... Je ne ſais que les Malhonnêtes-gens, auxquels il ſoit utile de ſe derober aux devoirs de la Société, quand on n'eſt pas malade... Je ſens que la maison de chaque Particulier doit être un ſanctuaire impenetrable; mais il faut que Perſonne n'en ſouffre.

XIV ſcène. *M. De-Fortville*, *Dupré.*

Dupré (*accourant*) : Mon Maître ſortait par le jardin, tandis que je vous retenais, Monſieur... Si j'avais ſu plûtôt que j'avais l'honneur de parler à M. De-Fortville...

M. De-Fortville (*avec depit*) Mon Ami, les bevues ſont naturelles aux Valets-raisonneurs. (*Il ſort*).

XV ſcène. *Dupré* (*ſeul*). Cet Homme eſt ſentencieux !... Il a raison... mais, le Jockey ſ'eſt apparemment donné les airs de rendre compte de ſa commiſſion directement à mon Maître !.. A l'avenir, j'y mettrai bon ordre.

XVI ſcène. *Dupré*, *M. De-Fortville*, *le Marquis.*

Dupré (*prét à ſortir*, *les rencontrant face-à-face*) : (*à ſon Maître*): Monſieur a trouvé...

M. Dorval (*d'un ton bruſque*) Le Jockei n'eſt pas revenu ?...

Dupré. Non, Monſieur... (*à-part*) Je m'étais trompé !...

M. Dorval (*à Dupré*) Ne vous éloignez pas. (*Dupré ſe met à-l'écart*). (*à M. De-Fortville ſur le méme ton*) : Que me voulez-vous, Monſieur ?... Je ſuis prét à ſortir... J'ai affaire.. J'avais fait dire que je n'y étais pas... J'avais quitté mon cabinet...

M. De-Fortville. Ne pouvez-vous me donner cet inſtant, où vous étes forcé d'attendre ?

M. Dorval. Je vous avouerai, que c'eſt avec.. peine.. que je vois.. chés moi.. l'Homme... qui fait gloire de m'etre toujours opposé ! (*à-part*): Diſſimulons!

M. De-Fortville. C'eſt aux abus que je m'oppose... Mais, MONſieur, vous avez envoyé chés moi !... Vous vous êtes informé de mon Fils!

M. Dorval. De votre Fils !

Le Marquis (*à-part*) Bon ! M. Dorval feint de n'etre pas inſtruit !...

M. De-Fortville. Oui, de mon Fils. Les Honnêtesgens, MONſieur, lorſqu'il ſ'agit de la conduite des Enfans, laiſſent leurs querelles particulières, ét ſe ſervent mutuellement.

M. Dorval. Dupré, je vous ai envoyé chés Monſieur?

Dupré. Non: mais c'eſt chés Monſieur que j'ai été: Monſieur eſt le père du Jeunehomme....

M. Dorval. Alez, ét dès que le Jockey paraîtra, ne manquez pas de m'avertir. Marquis, laiſſez-nous.

Le Marquis (*à-part*) Le Père ne ſait rien!... Quelle ſurpriſe!

XVII ſcène. *M. De-Fortville, Dorval.*

M. Dorval (*à-part*) Je veux le penetrer, ét l'inquiéter.. (*à M. De-Forvil.*) Monſieur,... puiſque.... vous.... êtes..

le père du Jeunehomme,.. je verrai..: J'ai quelques informations à prendre... et quoique vous ſoyiez mon ennemi declaré,... je pourrai.. vous inſtruire.. dans le jour.

M. De-Fortville. Je vous ſerai obligé audelà de toute expreſſion!... Je vous ai dit, Monſieur, que je n'étais pas votre ennemi perſonnel... Il ſe peut.. que.. certains abus exiſtent, dans la Compagnie, à la tête de laquelle vous êtes, ſans que vous en ſoyiez inſtruit... Il ſe peut que, vous les devoiler, ſoit vous rendre un bon-office.

M. Dorval. Oui, Monſieur, tout cela ſe peut: Mais vous n'ignorez pas ce qu'on tramait contre moi.,. Voila le libelle: on me l'à fait decouvrir ce matin. Je ne ſaurais attribuer ce pamflet qu'à mes Ennemis!

M. De-Fortville. J'ai entendu parler d'une Denonciation au Public: mais vous ne me ſoupçonnez pas d'une lâcheté?

M. Dorval. Lâcheté: c'eſt le mot. Cependant, vous vous êtes toujours montré ſi ardent à me traverſer!...

M. De-Fortville. Votre ſyſtème, au-ſujet du commerce, m'avait paru ruineux pour la France: j'ai reclamé. Jamais je n'ai cherché à vous nuire: J'en conviendrais.

M. Dorval. Je vais être ſincère auſſi : Je vous deteſte. Peutêtre ſuis-je prêt à prendre d'autres ſentimens : Peutêtre nous rapprocherons-nous vous ét moi : Quelqu'un travaille à nous reconcilier : ét j'eſtime beaucoup ce Mediateur, qui eſt de votre état !

M. De-Fortville. J'aime ma profeſſion, que je n'ai pas quittée, en recueillant la fortune conſiderable que m'a laiſſée mon Pére ; je l'ai toute employée à faire des operations en grand, dont le Royaume entier profite ; vous le ſavez ? Mais un mot de mon Fils ?

M. Dorval. Je ne ſaurais encore vous repondre : Nous verrons dans le jour.

M. De-Fortville. Sa Mère eſt dans une inquietude !...

XVIII ſcène. *Les Mêmes : Dupré.*

Dupré. Le Jockey vient d'arriver.

M. Dorval. Je ne ſaurais differer un inſtant... Mais, MONſieur, je n'oublierai pas que je vous dois une viſite... Elle ſera très-intereſſante, à ce que je preſume !... A tantôt, MONſieur. (*Il ſ'éloigne, tout en parlant, ét M. De-Fortville ſort de l'autre côté.*)

XIX ſcène. *M. Dorval, Dupré, le Marquis.*

M. Dorval. Bon ! voici le Marquis ! partons.

Dupré. Vous alez ſavoir le fond de tout-cela. Il a vu le Jeune-homme entrer dans une maison obſcure: Vous pouvez encore l'y trouver.

M. Dorval. Voici Quelqu'un !... Vous repondrez, & me rendrez compte de ce qu'on voulait de moi.... Surtout pas un mot !... Vous écouterez, & vous ne vous ouvrirez pas.... (*au Marquis*) : Vous, venez avec moi ?

Le Marquis (*au Jockey, qui lui a dit un mot à l'oreille*) C'eſt-là juſtement... (*à M. Dorval*) Hâtons-nous. (*M. Dorval ſort, accompagné du Marquis, & ſuivi du Jockey*).

XX ſcène. *Dupré* (*ſeul*) :

On arrive-là bien mal-à-propos !... Mais... C'eſt-elle... C'eſt Madame De-Fortville !... avec cette Jeune-perſonne... charmante.... J'aurai quelque chose à dire à mon Maître. (*Il ſ'avance au-devant des Dames.*)

XXI ſcène. *Dupré, mad. De-Fortville, Charlote.*

Mad. De-Fortville (*à Charlote*) : Voila l'Homme de ce matin... (*àDupré*): Vous me remettez, ſans-doute ; & vous voyez que je m'empreſſe à venir chés M. Dorval, pour m'informer des raisons qu'il peut avoir de faire des recherches ſur mon Fils ?

Dupré. Madame...mon Maître eſt abſent.

Mad. De-Fortville. Rentrera-t-il bientôt? Je veux abſolument lui parler.

Dupré. Il ſort à l'inſtant, Madame.

Mad. De-Fortville (à Charlote) Il ſort à l'inſtant! Mon inquietude va donc ſe prolonger!... *(à Dupré)*: Vous ne ſavez pas où je pourrais trouver M. Dorval?

Dupré. Je ne puis abſolument le dire à Madame.

Charlote. Maman, attendons! Peut-être que M. Dorval ne tardera pas à rentrer.... Ou-bien, ſi nous alions chés ce bon Vieillard? Il demeure tout-près d'ici, ét voila le troisième jour que nous ne l'avons vu?

Mad. De-Fortville. Tu as raison, ma Fille! *(à Dupré)* Nous repaſſerons dans une heure: Vous ſavez mon nom? Dites à M. Dorval, que Mad. De-Fortville eſt venue.

Dupré. Madame peut être aſſurée que je n'y manquerai pas.

Charlote. Hâ! Maman! voici le Père Dupré!... Sans-doute il aura reconnu votre voiture, ét il eſt entré.

Dupré (à-part) Le Père Dupré!

Charlote (ſe retournant à demi) C'eſt un Vieillard, que ſes Enfans ont abandonné... Fortville le trouva un jour, versant des larmes, ét il nous l'amena... Voyez quel air venerable !

XXII scène. *Les Mêmes: LeVieillard.*

Le Vieillard. C'est Madame De-Fortville !... O ma Bienfaitrice !

Mad. De-Fortville. Bon Vieillard ! je suis charmée de vous voir, ét que vous soyiez entré pour nous !

Le Vieillard. Je n'aurais pas pris tant de liberté, que d'entrer où sont Madame... ét Mademoiselle... Mais, on m'a dit... que j'avais ici un Fils... C'était, dans sa jeunesse, le meilleur de mes Enfans, ét le dernier de tous... Il y a vingt-ans que je ne l'ai vu.

Dupré (d'un air un-peu confus) Le voici, mon Pere. *(Il se jète sur sa main)* Je n'osais pas vous interrompre... Madame ét Mademoiselle, je fus coupable : mais votre presence m'inspire de meilleurs sentimens ; vous avez secouru Celui, que je devais garantir du besoin.... Mon Père, pardonnez-moi ! Sorti jeune de votre maison, j'étais sans capacité : j'ai longtemps été borné dans mes moyens : je n'ai pas toujours servi un Maître genereux, comme M. Dorval ! Mais je suis inexcusable, depuis mon entrée dans cette maison.

Charlote (*au Vieillard*) Pardonnez-lui, bon Père, je vous en prie!

Le Vieillard. Hô! de tout mon cœur! Il fait que je l'ai toujours aimé... N'est-ce pas, mon Fils?... On m'a dit hièr, que tu étais ici; c'est la Veuve Saintalbin, une Femme de ma connaissance, qui a bien du malheur, ét bien du bonheur!

Dupré. La Veuve Saintalbin!

Le Vieillard. Oui, qui demeure aux environs du Collége d'Harcourt... Fille, elle était gentille, modeste ét bonne; car quoique noble, elle était sans fierté: Femme, elle fut exemplaire; ét Veuve elle est resignée... Combien elle a été malheureuse!... Je ne dois pas me plaindre... Il y a deux ans, elle perdit un bon Mari, ét elle est restée sans Soutien, avec huit Enfans! Elle les élevait, de son seul travail, quand, il y a trois mois, elle fut renversée par la voiture d'un Jeune-fou, qui ne daigna pas s'arrêter... Mais il y a de Bonnes-âmes, ét elle en a trouvé,... comme j'ai eu le bonheur d'en trouver.

Dupré (*s'inclinant*) O Madame!... Mon Père! tout ce que je possède...

Le Vieillard. Garde ce que tu as, mon Fils: Je ne t'ai pas cherché pour t'être à-charge: Grâces à Madame, je n'ai besoin de rien: J'ai une retraite commode, de l'occupation, ét de bons-ſoins... (*à Mad. De-Fortville*) Madame, je ſavais bien qu'il n'avait pas un mauvais cœur.

Mad. DeFortville (*au Vieillard*) Où demeure cette pauvre Veuve? vous me faites desirer de la connaître?

Le Vieillard. Comme je viens de le dire, tout-près d'Harcourt, chés le Fabriquant-de-bas.

Mad. DeFortville (*à Charlote*) C'eſt la Même dont Valentine nous a parlé.

Charlote. Nous avons le temps d'aler la voir, Maman?

Mad. De-Fortville. Alons, ma Fille. (*à Dupré*) Nous reviendrons.

Dupré. Madame; je dirai à mon Maître, que la Bonté accompagnée de la Beauté, eſt ici venue en ſon abſence... Mais ſon projet eſt d'aler chés Madame, avant que de rentrer. (*Les Dames ſortent; Charlote ſalue le Vieillard*). Venez, mon Père, que je mette à votre diſposition, tout ce que je tiens de la bonté de mon Maître.

Fin du ſecond Acte.

SUITE DE LA MUETTE.

A mon retour, je paſſai devant la porte de Manon. Il eſt dans mon caractère d'être attentif ét defiant: cette dernière paſſion eſt en-moi la plûs ingenieuse de toutes: Lorſque je ſoupçonne un Homme ou une Femme, tous les moyens dont ils peuvent me tromper, ſe presentent à mon imagination; je fremis, je treſſaille, je brule d'agir; mais cette activité d'imagination, dans mes affaires perſonnelles, eſt preciſement ce qui empêche l'action; mon activité ſe conſume en idées creuses. Il n'en eſt pas de-même, lorſqu'il ſ'agit des Autres; je donne moins à l'imagination, ét plus à l'activité. Lorſque je fus vis-à-vis la demeure de Manon, j'obſervai curieusement ce qui ſe paſſait; tout était clos ét tranquile. Je m'aſſis ſur un banc-de-pierre dans la rue Jacob, ét j'attendis les évènemens.

Dix minutes ſ'étaient à-peine écoulées, ét la demie de deux heures venait de ſonner, lorſque j'entendis marcher. Un Homme ſ'approche, il arrive, ét frappe à la porte de la maison où demeurait Manon. Je me levai pour-lors, ét je m'avançai pour le reconnaître. C'etait l'Homme-ſingulier, qui m'avait parlé ſur l'amour, la LVI.e Nuit. Je fus très-ſurpris de le revoir! Il me reconnut: --Vous alez la nuit, ét moi auſſi (me-dit-il): J'ai trouvé ce que je cherchais depuis longtemps, ét mon tresor eſt dans cette maison. —Votre tresor ! —Oui, une Femme... une Femme muette. —Une Femme ! (dites-vous) ? —C'est une Enfant, si vous voulez ; mais c'est tant-mieux ! Je me propose de l'arracher au vice, avant qu'elle y soit livrée, ét de l'épouser-. J'écoutais avec attention, ét je fus curieux de connaître l'Homme. On n'ouvrit pas: il s'impatienta... Il marchait, je marchais: Il parlait, j'écoutais. —Vivre longtemps (reprit-il), est un grand malheur! J'ai trente-cinq ans: c'est encore quinze à vivre: Plûs nous vivons, plûs nous retardons notre renaissance: Cependant ce serait un abus de mourir à 25 ans sans nécessité! Mais vivre cent ans, est d'un couard, d'un lâche, d'un fou; je cracherais au visage d'un Centenaire. Quoi! aulieu de remettre ses fonds à la nature, pour qu'elle les renouvelle, il les garde, pour n'en rien faire, ét vegeter dans une longue impuissance! Nous renaissons tous de nos débris ; nous ne serons jamais, comme nous avons deja été: Moi, par exemple, je crois avoir été Duc: Dans mon enfance, je pensais sans cesse, malgré moi, Un Duc viendra me reclamer... Je n'avais que des idées hautes, serieuses-. Nous étions rue de-Seine: L'Homme ouvrit une porte, ét rentra.

LXX NUIT.

SUITE de la première MUETTE.

A l'heure de ma ſortie, je courus au fauxbourg-Saintgermain, rue de-Seine. L'Homme était ſorti. J'alai chés Manon. Je lui trouvai l'air embarraſſé. —Où eſt la Jeune-muette? —Je ne ſais ce que vous alez penſer de moi (me dit-elle); mais je ne l'ai plus. —Vous ne l'avez pas rendue à la Femme qui l'avait emmenée? —Non: c'eſt à un Homme que viens de la remettre, à-l'inſtant. —Le connaiſſez-vous? —C'eſt un Braque, mais bon: Il veut enfaire ſa femme. —Savez-vous ſa demeure? —Rue de-Seine-. Sans lui rien demander davantage, je partis comme un trait, ét j'arrivai chés l'Original.

Il rentrait, avec la petite Isabelle. L'Enfant me reconnut. L'Original ſ'en effaroucha. Je lui dis, comment je la connaiſſais. Il obſerva à mon humeur, Que je ſavais tout; qu'il aurait deſiré, que tout le monde eût ignoré, qu'il avait cette Enfant. Je lui appris ſon nom-de-famille avec celui d'Isabelle, que la Dame-libraire lui avait donné. Je lui promis de ne rien dire, pourvu qu'il épousât l'Enfant; je me chargeai même d'avoir le conſentement de la Famille. Ceci nous reconcilia, parceque j'ajoutai, que je ne compromettrais pas ſon ſecret, ét que je me ferais donner un plein-pouvoir par les Parens. J'avais toujours parlé: C'était un grand tort auprès de l'Homme! Il ſ'empara de la parole, ét dit de fort-bonnes choses: —Une Femme muette eſt un tresor, ſurtout pour moi; c'eſt méme une Muette ſeule que je puis épouser, à cause de mon caractère, qui eſt aſſés particulier. Il faut qu'une Femme ſoit douce; Qui ſera plûs douce qu'une Sourde-ét-muette, que je n'impatienterai jamais, ét avec laquelle je pourrai parler tant qu'il me plaira? Isabelle eſt jolie: elle n'aura ni Famille, ni Parens; car vous me l'avez promis: Elle ſ'occupera doucement, ſans bruit, ſans m'étourdir: Moi, je ne ſongerai qu'à la rendre heureuse. J'aurai des Enfans; C'eſt moi-ſeul qui leur parlerai, ét qui leur apprendrai à parler: Les Femmes ont une foule de petiteſſes dans la tête, ét elles les font paſſer à leurs Garſons: Voyez tous les petits Parisiens?.. Je n'aurai pas cet inconvenient à redouter, ét c'eſt le ſeul qui m'ait juſqu'à-present éloigné du mariage: Ma petite Isabelle ne demandera ni le ſpectacle, ni les concerts, que je deteſte: On y écoute toujours, ſans parler; ét c'eſt ma reſpiration à moi que la parole-...

Je me promis de veiller au ſort d'Isabelle ; mais je gagnai la porte, pour aler chés la Marquise. L'Homme-ſingulier parlait toujours. Je l'entendis encore dans l'eſcalier : Je remontai ; il me parlait encore !.,. Enfin, je partis.

TROISIÈME ACTE.

(*Le Theatre represente la chambre d'une pauvre Femme : Elle eſt aſſise dans un mauvais fauteuil, ét ſervie par deux de ſes Enfans.*

I ſcène. *La Veuve Saintalbin (aſſoupie dans ſon fauteuil)* ; *Georgette, George, ſon jeune frère.*

Georgette (à ſon Frère) Paix! paix!... ma Mère dort!... Si tu fais du bruit, deja, tu reſteras toute la journée à l'école, comme les Enfans!

George. Oui!... oui!... a' dort.... Je ne ferai point bruit!

Georgette (bas) Parle-donc pûs! bas!.... O ma pauvre Mère! dormez dormez!

George. Si elle était morte, nous ſerions orfelins ; n'eſt-ce pas donc, ma Sœur?

Georgette. Nous le ſommes de père.

George. Où eſt-ce que nous ſerions

donc, ſi nous n'avions pus note Mère? car nous, nous n'avons pas d'argent, pour payer la chambre, ét le pain, ét le bois, ét le ſel, ét tout?

Georgette. Nous ſerions bén à plaindre! on nous arait placés.

George. Placés?

Georgette. Oui, placés: toi, ét nos autres petits Frères, tu ſais bén, comme ces petits Garſons d'hier?... Et moi avec nos petites Sœurs....

George (vivement) Moi, je ne voudrais pas y aler!

Georgette (posement ét avec ſentiment) Les pauves Enfans, qui ſont orfelins, ne vont pas voùce qu'ils veulent!

George (très-haut) O ma Mère! ma Mère! ne mourez donc pas!

II ſcène. *Les Mêm. La Mère (ſ'éveillant)*

La Veuve (demi-éveillée) Qui m'appelle? Qui m'appelle?

Georgette, à (George) Vois-tu? tu l'as reveillée! *(à ſa Mère)* Ce n'eſt rien, ma Mère! dormez! dormez!

George. Redormez, ma Mère!

La Veuve. Mes Enfans! je me trouve mieux!... Mes pauvres Enfans, je vous éleverai donc!

Georgette. Oui, oui, ma Mère! *(precipitament)* Car M. le Chirurgien dit comme ça que vous êtes rechappée.

George. Il dit auſſi comme ça, que vous ne ſerez pas boiteuse, ma Mère!

Georgette. Et que vous nous gâgnerez toujours notre pain.

George, (*fièrement*) Et moi donc, quand je ſerai fort?

Georgette. Et le jeune Monſieur, qui vous donne de l'argent, dit que ſ'il eſt un-jour à ſon aise, il ara ſoin de nous.

George. Et que moi,... il me fera... marin... avec mes trois Frères, ſur un vaiſſeau, qui eſt nigociant, dans la mer... Je vous apporterai tout ce que je gâgnerai, ma Mère.

La Veuve. Mes chèrs Enfans! beniſſez ce jeune Monſieur! ét priez-bien le Bondieu qu'il le conſerve!

Georgette ét George (*ſe precipitant à genoux*) Mon Dieu! conſervez le jeune Monſieur!.... (*Georgette ſeule*) Car, mon Dieu! vous ſavez ſon nom, que nous ne ſavons pas!

La Veuve (*avec la dignité bonne*) Oui, oui, le Bondieu le ſait, mes Enfans! ét le Bondieu le recompenſera, tout-juſtement, parceque nous ne pouvons pas le reconnaître!... L'heureuse Mère, que la ſienne!... car il en à une; il me l'a dit.

Georgette. Et un Père, ma Mère;

car il a dit avanhièr, qu'il voudrait bén reſſembler à ſon Père, en tout!

La Veuve. Cela fait donc de bien honnêtes gens! pour avoir un ſi bon Fils!

Georgette. C'eſt qu'ils l'ont bén élevé; n'eſt-ce-pas, ma Mère?

George. Et qu'il a été bén obeiſſant; pas vrai, ma Mère?

La Veuve. Oui, oui, mes Enfans!... Il faut l'être auſſi, ét le Ciel vous benira.. Donne-moi à boire, Georgette? (*Les deux Enfans courant*).

Georgette. C'eſt à moi que ma Mère l'a dit!

George. C'eſt moi qui me ſuis levé le premier!

La Veuve. Alons, alons, cède à ton Frère, ma Fille!... l'Un m'apportera à boire, l'Autre... remettra le gobelet.

George (*presentant le vase que ſa Sœur lui cède*) Buvez, ma Mère?

La Veuve. Grand-merci, mon Garſon. (*elle boit, ét rend le vase à Georgette*).

Georgette. Mercie, ma Mère..... Il va venir! il va venir! n'eſt-ce pas, ma Mère?

George. Voici l'heure! voici l'heure!

La Veuve. Il ne manque pas!

Georgette. Non, car je l'entens... comme il monte vîte! (*Elle court ouvrir*).

III ſcène. *Les Mêmes : un Jeune-homme (envelopé dans ſon manteau, des livres ſous ſon bras).*

Le Jeunehomme. Bonjour, ma chère Bonne!... J'ai unpeu tardé aujourdhui!.. Vous êtes eſtimée de votre vosinage : je viens d'avoir la ſatiſfaction de vous entendre louer, ſans être vu... Comment avez-vous paſſé ces deux jours-ci ?

La Veuve. Toujours de mieux-en-mieux, mon cher Monſieur... Vous avez peutêtre entendu mes bonnes Voisines ?

Le Jeunehomme. Oui, trois Filles ét leur Mère... Je ſuis mieux auſſi : j'étais inquiet, ces jours paſſés ; je ne le ſuis plus : il m'eſt arrivé... deux bonheurs...

La Veuve. Le Ciel vous beniſſe!

Le Jeunehomme. Je ſuis tendrement aimé de ma Mère... Hâ! c'eſt une Mère, celle-là!... Elle m'a nourri.

La Veuve. Elle vous a nourri!... ét le Bondieu l'en recompenſe!

Georgette. Cette Mère-là a auſſi bon lait que bon ſang ; n'eſt-ce- pas ma Mère ?

La Veuve. Oui, oui, mon Enfant ! tu as retenu ça de ton Père!

Le Jeunehomme. Et j'ai rendu l'important ſervice que vous ſavez... à l'Ennemi de ma Famille!

La Veuve. A l'Ennemi de votre Famille!... M. Dorval ?

Le Jeunehomme. Monſieur Dorval... J'en ſuis d'une joie... Mon Père n'aura plus que des Amis.

La Veuve, (*attendrie*) O Monſieur! ô bon Jeunehomme !... M. Dorval ne le connaît donc pas!... L'heureuse decouverte que j'ai faite-là, par mes bonnes Voisines !... Je ſavais bien que vous n'enabuseriez pas !.. Il falait que ce fût un écrit bien terrible qu'on imprimait contre lui!

Le Jeunehomme. C'était un de ces pamflets, lâchés dans le Public, pour immoler à la malignité l'Homme qu'elle jalouse.

La Veuve. On a donc ſes peines, dans tous les états !

Le Jeunehomme. Vous avez besoin à-present de prendre de la nourriture : ne vous negligez pas !... (*Il donne les dix louis*) Le Ciel eſt venu à mon ſecours !... voila pour habiller vos Enfans. Je me hâte d'aler à mon collége : car le devoir eſt ſacré ; rien n'en diſpenſe!

La Veuve. Mon cher Monſieur! voila bien de l'argent! dix louis à-la-fois !... Vous êtes ſi jeune !...

Le Jeunehomme. Ma chère Bonne ! j'approuve votre delicateſſe... mais tout eſt à moi... excepté... quelque-chose, que j'ai emprunté... à Celle que mes Parens me deſtinent... Ç'aurait été une injuſtice, de ma part, que de ne pas... lui ceder... la moitié de mon bonheur.

La Veuve. La moitié de votre bonheur!

Le Jeunehomme. Vous êtes pauvre, ma Bonne! vous ne connaiſſez... peut-être pas celui de donner!

La Veuve. Hô! que ſi-fait, MONſieur!... Hé! qui n'a pas eu quelque-chose à offrir!... Quand on eſt bien pauvre... on ſ'ôte quelquefois le morceau de la bouche, pour le donner à Plûs-pauvre encore... à un Père... à une Mère infirmes... à ſes Enfans... Et c'eſt un plaisir!...

Le Jeunehomme (attendri) A une Mère... oui! oui!...

La Veuve. Mais dix louis! c'eſt trop, MONſieur, c'eſt trop... à-la-fois (*Elle lui remet la bourſe*).

Le Jeunehomme (vivement) Prenez! prenez!... Ces dix louis là... ne peuvent être qu'à vous... c'eſt pour vous... que je les ai demandés!... Moi les garder! ce ferait une baſſeſſe... Ils ſont le prix offert, pour aider le Pauvre a être juſte envers le Riche... Habillez vos Enfans... Vous menagerez cette ſomme auſſi-bien que moi... Si votre convaleſcence eſt longue, j'ai d'autres reſſources... Je n'ai pas encore parlé de vous à ma Mère... Adieu,

adieu, ma Bonne, jusqu'après-demain. Bonjour, mesEnfans! Ayez bien des attentions pour votre Mère! ét je vous aimerai de tout mon cœur! (*Il sort precipitamment*).

IV scène. *La Veuve, Georgette, George.*

La Veuve. Voila dix louis! aulieu de diminuer, il augmente!... (*à-part*) Il n'a pourtant vu ici que l'abandon, ét la douleur!... Et c'est à la Sœur de M. Dorval!... Il a servi l'Ennemi de son Père, pour lui en faire un ami!... O bon Jeune-homme!

Georgette (bonnement) C'est bén beau! n'est-ce-pas, ma Mère?...

La Veuve. Oui, ma Fille!

Georgette. Quand on aime les Affligés, on n'est bon; n'est-ce-pas ma Mère?

La Veuve. On est l'image de la Celeste-bonté.

Georgette. Hô-bén, il nous recommande ben de vous soigner!... Mais on frappe!... George, va voir.

George, (*courant ouvrir*) J'y vas, ma Sœur.

V scène. *Les Mémes: Dorval, le Marquis, le Jockey.*

Georgette Quî est-ce donc, mon Frère?

George (*regardant en-dedans*) C'est un gros Monsieur, tout d'or!...

Georgette. Entrez, ſ'il vous plaît, Monſieur !

Dorval. Je vous ſalue, ma Bonne... Vous êtes... malade ?...

La Veuve. Je ſuis convaleſcente, Monſieur.

Dorval. Voila vos Enfans ?

La Veuve. Ce ſont les deux Aînés de huit, Monſieur.

Dorval. De huit !... Et ce ſont-là vos Aînés ?

La Veuve. Oui, Monſieur.

Dorval. Je vous ſuis inconnu, ma Bonne : mais vous, vous connaiſſez le Jeunehomme envelopé dans ſon manteau, qui ſort d'ici ?... de chés vous... à-l'inſtant ?

La Veuve. Mon cher Monſieur ! ſi c'eſt votre Fils, ét le Frère de cet aimable Jeunehomme que voila, vous êtes bien partagé ! car il a un excellent cœur !.. Je vais vous raconter cela, Monſieur... Georgette, mon Enfant, donne un-peu des chaises, que ces Meſſieurs ne ſe tiennent pas debout. (*Georgette obeït, ét ſon Frère lui aide : ils ſecouent les chaises, pour ôter la pouſſière*).

Georgette. Aſſoyez vous, Monſieur ! (*Dorval ſ'aſſied ; ét le Marquis ſecoue ſa chaise avec degoût*).

La Veuve, (*continuant après un silence*) Il faut vous dire, mon cher Monſieur, qu'il y a trois mois... un ſamedi... vers les quatre-heures-ét-demie, je fus renverſée par un cabriolet, dans la rue *de-la-Harpe*, à ma place, où je travaille; car depuis mon veuvage, c'eſt de mon ſeul travail que je nourriſſais mes huit Orfelins.... Le Maître du cabriolet alait ſi vîte, il y avait tant d'embarras derrière lui, qu'il ne ſut pas mon malheur... Et peutêtre il n'était pas en état d'y porter ſoulagement... le Bondieu lui pardonne, comme je lui ai pardonné.... On me monta chés moi: c'était au moment où les Ecoliers ſortaient d'Harcourt..

Dorval. Il y a trois mois?

La Veuve. Oui, Monſieur.

Dorval. Vers les quatre-heures-ét-demie?

La Veuve. Oui, Monſieur.

Dorval. Un ſamedi?

La Veuve. Oui, Monſieur.

Dorval. Mais il y avait un Cocher! un Jockey?

La Veuve. On me l'a dit, Monſieur; mais je n'ai rien vu.

Dorval (*au Marquis*) Je connais l'Homme au cabriolet.

Le Marquis. Je vous aſſure que ce n'eſt pas...

Dorval.

Dorval. Je ne vous demande rien!

La Veuve (*au Marquis*) Le mal eſt tout-à-l'heure reparé, Monſieur... C'était donc, comme je le disais, à l'heure que les Ecoliers ſortaient d'Harcourt: Un d'eux, Celui-là que vous venez de voir, accourt, aide à me monter dans la chambre, ét me laiſſe douze francs. Il me dit d'être tranquile. Il eſt revenu tous-les-jours dabord, ét à-present tous les deux jours, me fourniſſant tout ce que j'ai eu besoin. Il ne m'avait jamais parlé: Je l'avais pourtant remarqué, à ſon air doux, ét j'avais quelquefois dit: —Mon-dieu, que voila un grand Ecolier qui eſt posé, ſage, honnête, obligeant! car plûs d'une fois je l'ai vu recharger des Gens-de-peine, qui étaient tombés!

Dorval. D'où vient ſe cache-t-il? D'après ce que vous dites, il ne doit rien avoir à craindre?

La Veuve. C'eſt apparemment, pour ne pas être reconnu du monde!

Dorval. Combien vous a-t-il donné? Il faut me dire vrai?

La Veuve. Mon cher Monſieur, ſi c'eſt votre fils, ét qu'il vous ait pris.... vous voyez l'usage, qu'il en a fait... c'eſt à une Pauvrefemme... avec huit Enfans!.. Mais; je m'en vais vous dire ce qu'il m'a donné: Pendant trois mois, tous-les-jours six francs; sans compter les douze du premier jour: et ce matin,... la somme est forte... dix louis, MONSIEUR.... qu'il venait de recevoir... Il m'a dit, que c'était afin d'habiller mes Enfans... J'ai épargné, MONSIEUR, surtout ce qu'il m'a donné; il le sait bien; mais il a voulu que je prisse toujours: —Prenez, prenez, m'a-t-il dit; vous le menagerez aussi-bien que moi-.(*tirant sa bourse*) Voila, MONSIEUR, tout ce que j'ai épargné?

Dorval. Ma Bonne, recevez, sans scrupule, ce que ce Jeunehomme vous donnera: il ne m'a rien pris; il en est incapable...

La Veuve O mon Dieu, soyez beni!

Dorval. Je vous reverrai, ma Bonne: Je ne vous oublierai pas. (*bas au Marquis*) Celui dont on parle, n'est-il pas votre ami?

Le Marquis (*bas*) Nous nous sommes connus au Collége: mais le Fils d'un Negociant...

Dorval (*sur le même ton*) Quoi! vous vous defendez d'être son ami!

Le Marquis. Je ne dis pas cela.

Dorval (*appelant le Jockey, resté endehors, après s'être montré*) Jaquesson!

VI scène. *Les Mêmes: le Jockey.*

Le Jockey. Monsieur.

Dorval. N'oubliez pas cette maison; j'y reviendrai. (*à la Veuve*) Vous avez reçu quelque ſecours de vos Voisins? On ſ'oblige, dans le malheur, ét les Pauvres ſont compatiſſans? (*Pendant ces couplets, Georget fait au Jockey un air-de-connaiſſance, dont M. Dorval ne ſ'aperçoit pas, ét l'Enfant ſe retire avec ce Garſon pour lui parler: il admire ſon chapeau, ſes boutons*).

La Veuve. Je n'ai qu'à me louer de mon voisinage, Monſieur: Il demeure ici à-côté trois Sœurs, ét leur Mère, qui m'ont veillée tour-à-tour, dans les premiers temps.

Dorval. Trois Sœurs?

La Veuve. Oui, Monſieur: ce ſont d'honnêtes ét jolies Filles, qui travaillent chacune de leur état. Elles ont eu bien de la charité pour moi!

Dorval. Le Jeunehomme les a-t-il vues?

La Veuve. Jamais, Monſieur!

Le Marquis. Jamais!...

La Veuve (*au Marquis*) Hô-non, Monſieur, je vous aſſure! ſi ce n'eſt aujourdhui. Elles ne ſont pas ici le jour; ét-puis, dès qu'elles entendaient monter Quelqu'un, elles ſe retiraient, par diſcretion.

Dorval (*au Marquis*) Je la crois... (*à la Veuve*): Avant votre accident, vous étiez ſouvent gênée, ayant un ſi grand nombre d'Enfans?

La Veuve. Ils travaillaient tous un-peu, Monſieur, excepté les deux Plùs-jeunes : c'eſt peu de choſe ; mais cela les retient ; j'en venais mieux à-bout : on va reprendre le petit travail ces jours-ci.

Dorval. Etiez-vous contente, dans votre ſituation ?

La Veuve. Je regrettais un bon Mari : c'était un homme peu relevé, mais franc, excellent père, laborieux, honnête, obligeant... J'ai perdu mon ſoutien ! ... (*Elle ſ'attendrit*). Dureſte, Monſieur, j'étais contente : L'occupation ne me donnait que du plaiſir, ét quand je me voyais beaucoup d'ouvrage, c'était comme aux Avares, quand ils ſe voient beaucoup d'argent.. Il faut bien peu Monſieur, pour rendre le Pauvre content !

Dorval. Je l'entrevois... N'avez-vous jamais envié les belles Dames en voitures, parées de diamans ?

La Veuve (*ſouriant un-peu*) Hô ! Monſieur ! on n'envie que ce qui eſt à ſa portée ; une pomme placée à trois pieds, tente un Enfant ; il veut la prendre ; à cent pieds, il ne la regarde ſeulement pas... Et-puis, je reſpecte les Dames de condition ſans les envier... les Autres,... il faut les plaindre, ét prier Dieu pour elles.

Dorval. Bon! excellent! Dans peu, aujourdhui peutêtre, vous saurez combien je m'interesse à vous. (*au Marquis*): Alons, Monsieut.

VII scène. *La Veuve*, *Georgette*, *George*.

La Veuve. Mes Enfans, voila sansdoute le Père, ét le Frère de notre bienfaisant Jeunehomme!... Hô! que je suis contente, de ce qu'il vient de dire, que son Fils ne lui a rien pris!

Georgette. Il ne faut rien prendre, pas vrai, ma Mère? pas tant seulement un liard? une épingle?

La Veuve. Non, mon Enfant! pas même pour bien faire.

George. Pas même à sa Mère, ma Mère?

La Veuve. Non, non! une Mère donne; pourquoi lui prendre? Ça accoutume.

Georgette (*à George*) Vois-tu bén!..

George. Ma Mère! ce Monsieur Jacquesson le jockey, il était chés M. Dorval, quand j'y ai été porter la lettre: c'est lui qui m'a fait entrer.

La Veuve. Que dis-tu, mon Enfant?

George. Mais, qu'il était-là, M. Jaquesson, avec Un-autre plûs maître que lui, qu'on appelle M. Dupré.

La Veuve. Chés Monsieur Dorval?

George. Oui, ma Mère: je l'ai bien reconnu; car je lui ai parlé.

La Veuve. J'aurais vu mon Frère!... Il aurait un Fils, qui ferait mon bienfaiteur... Mais il eſt trop jeune, pour avoir un Fils de cet âge-là!... ét-puis, le Jeune-homme ne m'aurait pas dit, qu'il a ſervi l'Ennemi de ſon Père... J'aurai peut-être mal-entendu!

Georgette. Ma Mère! vous parlez toute ſeule!

La Veuve. Oui, je raisonne avec moi-même.

Georgette. Vous alez redormir, pas vrai, ma Mère? car voila l'heure d'aler à l'école?

La Veuve. Alez, mes Enfans; ét ſurtout, prenez bien garde aux carroſſes, en ramenant vos Frères ét Sœurs!

Georgette ét George (enſemble): Hô! qu'voui, ma Mère! *(ils ſortent)*.

VIII ſcène. *La Veuve (ſeule)*.

Voila qui eſt bien ſingulier!... Eſt-ce mon Frère? Serait-il marié? Je n'ai pu me rappeler ſes traits; nous avons été ſeparés trop-jeunes l'un de l'autre. Quand on m'envoya dans cette grande Ville, après la mort de ma Mère,... c'était un Enfant encore au berceau... Hêlas! on ignore à quels perils on expose la Jeuneſſe, dans un pays où les Hommes ſe cachent les uns dans les autres ; où le vice n'a qu'un instant à rougir... Il passe, ét aubout de la rue, il n'est plus connu !... Un-peu de figure alait me perdre ;.... l'Amour me fit éviter le crime ; mais pour me plonger dans la misère... Ce fut une passion qui maîtrisa toutes mes facultés !... Je n'osai recourir à ma Famille, quand, à son insu, je fus devenue l'épouse d'un Homme du Peuple... Que de malheurs depuis !... A combien d'autres le bon cœur de mon Mari ne m'a-t-il pas soustraite !..... Sa profession n'alait pas ; il en prit sur-le-champ une plûs rude, mais lucrative... Il m'adorait ; c'est le mot... Je ne regrettais rien avec lui... Occupée d'un travail, qui me derobait aux regards de mes Egaux, je secondais Saintalbin ... Je l'ai perdu.... Quelle douleur, ét comment n'y ai-je pas succombé !... Un autre malheur m'arrive, ét c'était le dernier !... Un Ange est venu à mon secours, ét sauve ma Famille !... Mais... je me sens plûs forte aujourdhui ! Essayons, si je pourrais marcher... (*elle s'aide d'un bâton*) Oui !.. je le puis !... Je ne l'esperais pas !... J'avais cru mourir... Le premier usage de mes forces est dû à la reconnaissance... Alons remercier Dieu,... ét le prier pour mon jeune Bienfaiteur... On frappe... (*elle repond*) Qui eſt-là?... Je vais ouvrir... (*Elle y vā lentement, ét ouvre avec peine*) Entrez!

IX ſcène. *La Veuve, le Marquis.*

Le Marquis. Bonne-femme, vous êtes ſeule? J'en ſuis charmé: j'ai à vous parler.

La Veuve. Vous avez donc quitté M. votre Père?

Le Marquis. M. Dorval vient d'entrer au Collége, pour faire des informations, au-ſujet du Jeunehomme qui vous donne de l'argent. Je ſuis le Marquis de-Saintfal, ét M. Dorval, homme-de-fortune, n'eſt pas mon père. Je puis vous être utile, ét vous proteger, ſi vous le meritez. Je vous demande un ſervice?

La Veuve. De tout mon cœur, ſi je le puis, Monſieur.

Le Marquis. Vous le pouvez: Vous connaiſſez Fortville?

La Veuve. Non, Monſieur.

Le Marquis. Vous ne le connaiſſez-pas? (*à-part*) Elle ignore ſon nom. (*à la Veuve*) C'eſt un libertin très-dangereux, très-hypocrite, je vous en avertis.

La Veuve. Mais, Monſieur, dès que je ne le connais pas!...

Le Marquis. Vous le connaiſſez: Mais defiez-vous de lui! Il a tous les vices... Il ne vous a pas obligée ſans motif, ſoyez-en ſûre.

La Veuve. Hé! quels motifs peut-on avoir, chés une pauvre Femme, infirme, ét qui n'a rien d'attrayant?

Le Marquis. Il m'a dit, à moi, qu'il ne venait chés vous, que pour voir Une des jeunes Voisines, ét lui faire prendre bonne opinion de lui: Vous sentez, que c'est pour la seduire... Il a beaucoup d'argent! ou, ce qui est la même chose, de quoi en faire, dans un portefeuille de M. Dorval, qu'il a trouvé... Je vous le dis, afin que vous vous teniez sur vos gardes!

La Veuve. O Monsieur! que me dites-vous-là!... Est-ce de mon Bienfaiteur, que vous parlez?

Le Marquis. Oui, de Fortville.... Adieu, je n'ai qu'un instant... Mais je vous reverrai...

La Veuve. Je l'ai cru votre frère, ét que M. Dorval...

Le Marquis (*avec dedain*) Cela, mon frère!... Il veut tromper une Jeune-personne-aimable, dont Un-autre, qui vaut mieux que lui, ferait le bonheur... mais on le demasquera.... Servez-moi, ét comptez sur ma protection (*Il sort*).

X scene. *La Veuve* (*seule, ét regardant partir le Marquis d'un air stupefait*).

Non, non! je ne puis vous croire!..

Il n'a jamais vu mes Voisines qu'aujourdhui, ét c'est par-hasard, sans leur parler !.. Cependant, voila dix louis à-la-fois !... Non, non ! la vertu est peinte sur son heureuse phisionomie... J'entens monter... C'est peutêtre Une de mes Jeunes-Voisines... (*Elle va ouvrir*) : Il faut que je lui parle... Mais, je suis sûre davance... Non ! c'est une Dame... accompagnée... d'une Jeunepersonne.... Je reçois bien des visites aujourdhui !... Pendant longtemps ! je n'ai eu que celles de mon jeune-Bienfaiteur !...

XI scène. *La Veuve, Mad. De-Fortville, Charlote.*

Mad. De-Fortville (*à Charlote*) C'est elle !... Ma Fille ; voici les maisons qu'il faut voir, pour s'attendrir le cœur, ét devenir bonne... (*à la Veuve*) Vous êtes cette Infortunée, à laquelle il est arrivé un accident, par une voiture ?... Je ne le sais que d'aujourdhui ?

La Veuve. Oui, Madame.

Mad. De-Fortville (*lui presentant de l'argent, que la Veuve ne prend pas*) Si je l'avais su plutôt, je vous aurais visitée.

La Veuve (*admirant Charlote*) : Quelle figure angelique !.... (*à Mad. De-Fortville*) : Madame, je vous demande pardon ! Cette jeune ét belle Demoiselle est-elle votre fille ?

Mad. De-Fortville. Ma Bonne, c'est l'Epouse que je destine à un Fils, que j'ai nourri de mon lait : Je l'amène avec moi, parcequ'elle le desire : Elle aime à soulager les Infortunés.

La Veuve. Que Dieu vous benisse, ma bonne ét belle Demoiselle! Veuille sa bonté vous donner un Mari, digne de vous ét de votre cœur!

Charlote (*modestement*) Je vous remercie, ma Bonne.

Mad. De-Fortville. Obligez-moi de recevoir mon present?

Charlote. Et le mien, ma Bonne.

La Veuve. Mesdames, votre charité me touche ét me penètre ! Mais il ne faut pas que le malheur soit une occasion de gain. Je suis suffisamment assistée... Reservez pour d'Autres, cette aumône, qui leur rachetera la vie.

Charlote. Vous me refusez ! Est-ce que je n'ai pas eu l'air modeste qu'il falait, pour vous offrir mon present ?

La Veuve. O ma belle Demoiselle ! jamais on n'a offert si gracieusement !.... Mais il est des Malheureux qui ont plûs besoin que moi...

Mad. DeFortville Honnête ét pauvre Femme! vous avez des Enfans? Combien?

La Veuve Huit, Madame.

Mad. De-Fortville (*vivement*) Recevez! recevez! quand on eſt mère de huit Enfans, on ne ſaurait avoir de ſuperflu!

La Veuve. Je vous obeïs donc, Madame.

Charlote. Que je vous ſerve, ma Bonne!

La Veuve. Il n'eſt plus neceſſaire; me voila, convaleſcente,... grâces, après Dieu, à mon jeune Bienfaiteur.... J'alais ſortir.

Mad. De-Fortville. Où donc alez-vous, ma Bonne?

La Veuve. Ici, à deux pas, remercier Dieu, ét le prier pour Celui, qui m'a conſervée à mes Enfans.

Charlote (*à Mad. De-Fortville*) Hâ, Maman! c'eſt trop juſte!... Permettez que je lui aide à deſcendre, ét que je l'accompagne?

Mad. De-Fortville. Alons toutes-trois offrir au Ciel nos vœux, pour le vertueux Mortel, qui l'a ſecourue.... C'eſt un Jeunehomme?

La Veuve. Oui, Madame, ét preſqu'un Enfant.

Charlote. Nous venons de le voir ſortir.

Mad. De-Fortville (*triſtement*) Il eſt de l'âge de mon Fils!

Charlote (*bas à Mad. De-Fortville*) Je crois que c'eſt le Marquis de Saintfal!...

La Veuve (*repondant à Mad. De-Fortville*) Ha! Madame! si vous le connaissiez... Puisse le Monde ne jamais le corrompre!... Alons, Mademoiselle, j'accepte tout ce que vous faites pour moi.

Charlote (*soutenant la Veuve*) Appuyez-vous, ma Bonne!

Mad. De-Fortville (*à-part*) O mon Fils! que ne ressembles-tu à cet estimable Jeunehomme!... Et je craignais sa connaissance... Comme on est aveugle!

(*Elles sortent, la Veuve étant soutenue par Mad. De-Fortville ét par Charlote.*

Fin du troisième Acte.

Après la lecture de mon troisième Acte, qui frappa la Marquise, par la singularité du genre, ét qui avait paru toucher beaucoup Augustine, en-même temps qu'il avait fort amusé Felicité Demerup, je m'en-revins par les boulevards du Temple ét de la Porte-Saintantoine.

LES PROVISIONS GATÉES.

Vis-à-vis la rue Neuve-Saintgilles, je fus surpris de voir deux Hommes, qui apportaient à l'entrée du boulevard deux corbeilles, l'une de navets, l'autre de marons, qu'ils jetèrent; ils remportèrent leurs cabats. Je m'approchai. —Il me semble, que vous jetez-là des choses utiles? (leur dis-je). L'Un des deux me repondit : —Ce sont des provisions gâtées. Les Riches ont toujours peur de manquer. Tous les ans nous achetons pour trois maisons, comme la nôtre, ét il y en a toujours les deux-tièrs de perdu. Nous ne sommes pas les seuls qui agissons ainsi; l'on affame la Ville par la manie des provisions, ét il est je ne sais combien de choses qui se gâtent, par la longueur du temps qu'on est à en faire usage! Mais ce n'est rien que des navets, des chataignes, des fruits; c'est la consommation journalière qui est effrayante! Nous perdons en viande ét en pain de quoi nourrir deux Maisons bourgeoises: Ce n'est pas assés que notre Maître consomme, ét ne se refuse rien, il faut encore que par ses caprices, ses changemens de goût, une partie du bœuf, du veau ét du mouton que nous prenons soit perdu: Nous avons jeté des volailles entières, qu'on nous avait obligés de garder, pour qu'elles fussent plûs tendres. Il devrait y avoir une loi, qui defendît aux Gens des Villes les provisions, sous peine d'une amende du decuple de la valeur. Un hiver, le bois était rare; mais il y en avait assés: Aussitôt les Gens riches vidèrent les chantiers, depeur de manquer; ét le Pauvre en fut reduit à se battre, pour avoir une demie-voie de bois mal-moulée. Je suis valet d'un Riche ; mais je les donnerais tous-au diable, s'il était en mon pouvoir : c'est une profanation continuelle des biens de la Nature, qui seraient suffisans audelà de toute consommation, si les Riches ne s'approvisionnaient pas. C'est de même en Angleterre, où j'ai servi dix ans Un de nos Ambassadeurs : Partout les Riches sont le fleau de l'Humanité... O heureuse ét douce égalité-!... Je dis au Cuisinier philosophe, que je louais ses sentimens, excepté sa haîne pour les Riches. —L'ętes-vous (me dit-il)? —Non. —Je vous pardonne. Adieu-. Et il me quitta brusquement.

LXXI NUIT.

La Mule enlevée.

L'interêt que je prenais à la Jeune-muette, ét la mise-au-net d'un Acte par jour, m'absorbaient absolument ; de-manière que je ne recherchais pas les évènemens ; je ne m'occupais que d'un seul Objet. A ma sortie, j'alai trouver les Parens de la Jeunefille, je leur exposai la situation des choses, ét je leur demandai, si l'on se contenterait de l'assurance que la Petite était mariée? Le Père, la Mère ét la Tante furent transportés de joie : Ils s'informèrent seulement, si l'Homme était aisé, honnête ? Je leur en donnai l'assurance, ét j'alai porter ces nouvelles à l'Original.

Au-bout de la rue Saintandré, je fus heurté par un Jeunehomme, qui venait avec rapidité de la rue Dausine. Deux Garsons, qui me parurent apotiquaires, le poursuivaient : mais ils ne purent l'atteindre. Je les joignis comme il revenaient. —Qu'a fait l'Homme que vous poursuiviez ? (leur dis-je). L'Un d'eux ne daigna pas me repondre ! mais l'Autre, plûs doux, me dit en riant: —C'ést pü dé chose ! Cét Hommé, en passant, a pris, à son pied, la meule dé Madamé, qui était seur la porte, ét nous lui sommés courus après-. J'avançais en l'écoutant, ét je me trouvai vis-à-vis sa porte. La Femme de l'Apotiquaire était encore assise, un pied sans mule, ét l'autre ayant ce que l'on peut voir de plûs parfait, pour la petitesse, ét la forme mignone. La jambe était admirable, ét l'ensemble de la Dame appetissant.

Tandisque j'écoutais le Garson, ét que je considerais la Dame, l'Original qui se proposait d'épouser la Muette, me frappa sur l'épaule. —J'alais chés vous (lui dis-je), on consent à tout ; même à ne pas vous voir, pourvu que des Personnes sûres, telles que le Curé, repondent que vous êtes honnéte ét dans l'aisance. —J'y consens. Que voit-on-là ? Pourquoi ſ'arrête-t-on-? Je lui racontai le trait. —Hâ ! ce Jeunehomme a bien fait ! N'eſt-il pas honteux, criminel, qu'une Femme auſſi provoquante, ſ'aſſeye ſur ſa porte, comme je l'ai vue ſouvent, pour montrer aux Paſſans ce qu'il y a de plûs voluptueux dans la Nature : Pour moi, j'en ai ſouvent été ſcandalisé !... Mais j'ai été plûs loin, j'ai fait de ſerieuses reflexions, ſur un point : c'eſt que tout ce que les Femmes portent dans leurs habits, de diſſemblable à nous, prend leur ſexe pour ainſi-dire, ét un charme inexprimable : Ainſi la forme élegante de leur chauſſure, ſi differente de la nôtre, donne à cette partie un prix extraordinaire : Ce n'eſt pas la chose ; c'eſt la difference ; ét cette difference ne communique un charme ſi grand, que parcequ'elle donne un ſexe à la chauſſure. Chauſſez les Femmes comme un Homme, ce charme n'existe plus ; parcequ'il n'eſt pas clair aux ieux dabord, que l'Objet vu appartient à une Femme, ét que parconſequent il n'a pas de ſexe. —Mais (dira-t-on), ſ'il pouvait arriver que les Femmes fuſſent mises abſolument comme les Hommes, il en resulterait que l'aiguillon qui nous porte vers elles, ferait émouffé?... J'en conviens certainement! mais les mœurs, loin d'y gâgner, y perdraient! Ce fut la trop grande reffemblance des habits des deux-fexes, furtout pour la Jeuneffe, chés les Grecs ét les Romains, qui fut une des causes de l'horrible depravation de l'amour, qu'on a mal-à-propos nommé focratique. Il faut donc que les Pères, les Mères, les Maris, le Gouvernement même, veillent à empêcher le rapprochement dans la forme du vêtir des deux fexes. Lorfque ma petite Isabelle va être ma femme, elle fera coîfée, habillée, chauffée, le plûs en femme poffible, afin-que tout ce qu'elle portera, foit femme comme elle: Par-exemple, elle aura des chauffures à talon élevé, menu, très-pointues, ét faites de-façon, qu'elles f'eloignent davantage de celles des Hommes: ét fi je vois jamais un Faquin d'effeminé, comme j'en ai deja vus, fe rapprocher de la parure des Femmes, fans m'embarraffer des fuites, je l'attaque, ét je le plonge dans ce ruiffeau fangeux...

—Quand vous avez une fois commencé (lui dis-je), vous ne finiffez plus: Quels font vos arrangemens, pour épouser notre Muette? —Ils font faits. J'ai un ban de publié d'aujourdhui; j'aurai la dispensedes autres demain : vous, ayez le consentement par écrit-. Il fut laconique pour la première-fois de sa vie ; car il n'ajouta rien. Je le quittai ; j'alai demander le consentement au mariage par écrit ; je le remis au Babillard, qui me proposa d'être un de ses Temoins, le surlendemain : J'y consentis, ét je me rendis chés la Marquise, à laquelle j'appris cette nouvelle, avant de lire mon quatrième ét dernier acte.

QUATRIÈME ACTE.

(*Le Theatre est comme au I Acte.*)

I scène. *Mad. De-Fortville, Charlote,* (*arrivant du dehors.*)

Mad. De-Fortville. Nous n'avons pu joindre M. Dorval !

Charlote. Maman, sûrement il viendra : J'ai vu que le Fils du Vieillard disait la verité.

Mad. De-Fortville. Je l'espère aussi, ma Fille.

Charlote. Je me rappelle avec plaisir cette pauvre Femme ! Comme elle est reconnaissante !

Mad. De-Fortville. Je suis charmée de l'avoir vue : Elle paraît estimable.

Charlote. Et ses huit Enfans, si jeunes, sans secours, que seraient-ils devenus, sans ce bon Jeunehomme ?

Mad. De-Fortville. Comme il est des

Infortunés, ſans que l'Opulence ſ'en doute!

Charlote. Ce Jeunehomme, dont elle a parlé, annonce d'heureuses diſpositions!

Mad. De-Fortville. Oui! .. Rien-là qu'on puiſſe ſoupçonner: Vieilleſſe, laideur, enfance, misère profonde.

Charlote. Ces pauvres Enfans, comme ils ſont accourus audevant de leur Mère, à notre retour chés elle! Pour une Femme de cet état, je trouve qu'elle les élève bien! Ils m'ont attendrie... L'Aînée ne paraît pas douze ans?

Mad. De-Fortville. C'eſt tout-au-plûs... Leur jeune Bienfaiteur ſerait-il le Marquis?... S'il a encore ſa Mère, qu'elle eſt heureuse!

Charlote. S'il a une Promise, qu'elle doit être glorieuse de ſon Amant!

Mad. De-Fortville. Et j'ai des inquiétudes ſur le Fils que j'ai tant aimé!

Charlote. Maman!... Voici ton Mari.

II ſcène. *Mad. De-Fortville, Charlote, M. De-Fortville.*

M. De-Fortville (*arrivant*) Mon Amie, les Enfans le plûs tendrement aimés, causent les plûs grands chagrins!

Mad. De-Fortville (*effrayée*) Auriez-vous reçu de triſtes lumières! Ce portefeuille...

M. De-Fortville. Non: Votre Fils va revenir; il faut l'interroger.

Mad. De-Fortville. Vous n'avez pas trouvé M. Dorval ?

M. De-Fortville. Je l'ai vu, sans en être plus avancé : Il s'est tenu sur la reserve, Mais je le reverrai.

Mad. De-Fortville. Il a promis de nous voir ; son Homme-de-confiance vient de me l'assurer.

M. De-Fortville. C'est peutêtre une defaite. Votre Filsarrive. Prenez l'air qui convient : Votre bonté, dont il abuse...

Mad. De-Fortville. Mon Ami ! est-il bien sûr qu'il soit coupable ?

M. DeFortville. Voila bien les Mères !... C'est ce qu'il faut savoir.

Charlote. Non, il ne l'est pas !

M. De-Fortville. Et voila bien les Amantes !

III scène. *Les Mêmes : Fortville.*

Fortville (*l'air serieux, mais content*) Mon Père... (*il s'incline*) Ma chère Maman ! (*Il lui baise la main*).

Mad. De-Fortville (*le retenant, comme il va saluer Charlote*) Vous arrivez un-peu tard, mon Fils !

Fortville (*interdit du ton de sa Mère*) Ma Mère... il est vrai qu'il est tard... J'ai lu au Luxembourg... Mais je vais travailler, en attendant le dîner.

Mad. De-Fortville. Non : votre Père et moi, nous avons à vous parler.

Fortville. Je ſuis à vos ordres, ma Mère.

M. De-Fortville (*ſevèrement*) N'avez-vous rien à nous dire? Votre conduite eſt-elle pure?

Fortville. Mon Père... m'accuserait-on... de quelque-chose qui meritât votre improbation?

M. De-Fortville (*plûs ſevèrement*) C'eſt par une queſtion que vous repondez à ce que je vous demande!

Fortville. Pardon, mon Père! j'ai manqué, ſans le ſavoir!

M. De-Fortville. Votre Mère étmoi, nous ſommes dans la plûs grande inquiétude, ét par vous.

Fortville. A mon ſujet, mon Père?

M. De-Fortville. A votre ſujet: Vous en connaiſſez la cause; une foule de circonſtances nous empêchent d'en douter; ét vous affectez de ne rien ſavoir!... Voyez l'état de votre Mère! Elle ſouffre....

Fortville. J'ose vous aſſurer, mon Père... ma chère Maman!... que je n'ai rien fait...

IV ſcène. *Les Mêmes: Valentine.*

Valentine. Monſieur Dorval.

M. De-Fortville. Nous l'attendons... Mon Fils, nous alons ſavoir la verité.

Fortville (*à-part*) Me connaîtrait-il?

V ſcène. *Les Mêmes. M. Dorval, le Marquis, Dupré.*

Dorval (*bas à Dupré, qui le ſuit*) Alez chercher la Veuve Saintalbin... Une chaise-à-porteurs... (*à M. De-Fortville*): J'ai fait, Monſieur ét Madame, des decouvertes, que je dois vous communiquer.

M. De-Fortville. Nous ſommes ſenſibles, comme nous le devons, à votre honnête procedé, Monſieur.

Dorval (*regardant Fortville*) Hâ! bonjour, mon jeune Ami!... (*à M. ét Mad. De-Fortville*) C'eſt votre Fils?

Mad. De-Fortville (*émue*) Oui,... Monſieur.

Dorval. En ce cas, je vous demande un moment d'entretien particulier.

M. De-Fortville (*à ſon Fils*) Paſſez dans mon cabinet.

Fortville. Je n'y trouverai pas mes livres, mon Père!

M. De-Fortville (*imperieusement*) Alez. (*Fortville ſ'incline reſpectueuſement, ét entre dans l'appartement de ſon Père*).

Le Marquis. Nous alons voir.

VI ſcène. *Les Mêmes.*

M. De-Fortville. Vous ſavez combien nous ſommes inquièts, Monſieur? Qu'eſt-il arrivé?

Dorval. Hier, j'avais perdu mon portefeuille.

Mad. De-Fortville. Vous l'aviez perdu, Monsieur?

Dorval. Oui, je l'avais perdu.

Mad. De-Fortville. Vous ne vous expliquez pas avec assurance, Monsieur: Vous l'aviez reellement perdu?

Dorval. Je l'avais perdu, en montant en voiture, au-sortir d'une maison de votre voisinage: il est tombé; il sera glissé... Ceci est clair, Madame.

Mad.De-Fortville. Ensuite, Monsieur?

Dorval. Et c'est votre Fils, qui l'a trouvé...

Le Marquis (*à-part*) Qu'ils vont être confus!

Mad. De-Fortville. Il vous est rendu, sans-doute, Monsieur, puisque vous savez que c'est mon Fils, qui l'a trouvé.

LeMarquis (*à-part*) Je ne le crois pas.

Dorval. Sans contredit, votre Fils me l'a rendu: Cela est tout simple...

Le Marquis (*à-part*) Il l'a rendu!

M. Dorval. Mais je vois qu'il ne vous en a point parlé!

M. De-Fortville. Il ne nous en a rien dit!

Dorval. Hâ! fort-bien!

Mad. De-Fortville. Quand Fortville vous a rendu, Monsieur, aviez-vous de-

couvert

couvert que c'était lui qui avait trouvé?

Dorval. Non, Madame.

Mad. De-Fortville. Hâ! je respire!

Dorval. Doucement, Madame! je vous ai promis des decouvertes: Il faut tout entendre: Avant sept heures-du-matin, on m'annonce un Jeunehomme, un Ecolier: Dès son entrée, sa bonne-mine ét son air-d'honnêteté m'ont prevenu pour lui: —Depuis longtemps, Monsieur (m'a-t-il dit), je me meurs d'envie de vous rendre un bon-office, ét de meriter votre amitié-. Surpris de ce langage, de la part d'un Inconnu, je le prie de s'approcher de mon lit, ét je l'écoute. Il venait, effectivement, pour me rendre le plûs important des services.... Je lui demande son nom? —Vous le saurez, Monsieur, le plùtôt que je pourrai-. Il se retire, ét disparaît. Environ deux heures après cette visite interessante, on m'apporte les Petites-affiches: Dans la nuit, j'avais envoyé au Bureau de cet Etablissement utile, la note de la perte que je venais de faire, avec la promesse de 50 louis de recompense: Je ne vois que 5 louis! Je fulmine... J'alais écrire, pour faire rectifier la faute-d'impression. On m'annonce encore un Jeunehomme. C'était le même!.. Et jugez de ma surprise, quand il me presente mon portefeuille !

Le Marquis (à-part) Hâ !

Dorval. Il me fait tout examiner... Je le remerciais, n'osant parler de la recompense. Il s'éloignait lentement... Enfin, près de la porte, il me dit, en rougissant : —Il y a cinq louis, je crois, Monsieur? —C'est trop juste ! (me suis-je écrié) : En voila dix.

Mad. De-Fortville (s'écriant) Il les a pris!

Dorval. J'en étais plûs étonné que vous ne l'êtes, Madame... Il a montré la joie la plûs vive, en serrant la somme ; ét ce Jeunehomme si noble, si grand du matin, me paraissait bien petit ! (*Le Marquis paraît content*). Je vous avoue, Monsieur ét Madame, que son avidité... m'a donné des craintes... Cent louis peuvent être dangereux, entre les mains d'un Jeunehomme !... En apercevant un Ecolier, j'avais resolu de doubler la recompense de 50 louis...

Mad. De-Fortville (concentrée) Mon Fils... recevoir... demander... la recompense !

Dorval. Madame : Ne connaissant pas le Jeunehomme, pour ce qu'il était, ét trouvant sa conduite bizarre, il m'est venu dabord une idée : C'est que ses Parens pouvaient se trouver dans un embarras momentané... Malgré notre inimitié,... si la moitié de ma fortune...

M. De-Fortville. J'entrevois votre offre genereuse, Monsieur!...

Dorval. Parlez?... une gêne,.. dont les meilleures Maisons ne sont point à-l'abri..

Mad. De-Fortville. Non! non! malheureusement!

Dorval. Non,... malheureusement! Madame?

Mad. De-Fortville. Oui, Monsieur: je prefererais un derangement d'affaires, aux dispositions interessées de mon Fils!

Charlote. Maman! prens garde d'être injuste! Fortville n'a pas de ces defauts qui avilissent... Il n'en a pas.... C'est mon cœur qui t'en repond! (*Le Marquis la regarde avec étonnement*).

Dorval, Mademoiselle est anglaise?

M. De-Fortville. Oui: c'est la Fille de Monsieur William Dempster, negociant, frère puîné de Mylord,...

Dorval. Monsieur Dempster! c'est un digne Homme!

M. De-Fortville. C'est mon ami.

Dorval. Nous sommes en relation, depuis la guerre d'Amerique... Nous nous aimons, nous nous estimons... Et voila sa Fille... la Fille du plûs honnête-homme d'Angleterre!

Charlote (*à Mad. De-Fortville*) Ce mot m'a flatée!

Mad. De-Fortville. Ma chere Fille!... mon Fils eſt-il encore digne de toi!

Dorval. C'eſt ce qu'il faut voir, Madame... Appelez votre Fils. Vous ne ſavez que la moitié de ce qu'il a fait. Rendre un portefeuille, eſt une action honnête, mais vulgaire ét d'obligation. Il en a fait une autre... dont il faut penetrer les motifs... Il n'eſt pas inutile nonplûs de ſavoir l'usage de la recompenſe demandée: Cet usage peut ennoblir, ou avilir votre Fils! .... Ce Jeunehomme eſt ſurprenant! Mais... il a trahi ſon Père, ou .... le Père ét le Fils ſont bien differens des autres Hommes!

Mad. De-Fortv. Que dites, Monſieur?

Dorval. Je m'expliquerai en preſence de votre Fils: (*montrant le Marquis*): Je veux que ce qui va ſe paſſer, donne une leçon importante à ce Jeune-Gentilhomme. (*Mad. De-Fortville ſonne; Valentine paraît, ét rentre après le mot ſuivant*):

Mad. De-Fortville, Mon Fils.

VII ſcène. *Les Mêmes. Fortville* (*ſortant du cabinet de ſon Père, ét ſ'avançant modeſtement*).

Dorval (*à M. De-Fortville*) Demandez-lui dabord, ce qu'il a fait de ſon argent?

M. De-Fortville (*à son Fils*) Approchez!

Fortville. Me voici, mon Père.

M. De-Fortville. C'est vous qui avez trouvé le portefeuille de Monsieur?

Fortville. Oui, mon Père... Ce matin, je l'ai montré à Monsieur que voila (*designant le Marquis*).

Dorval (*au Marquis*) Vous ne m'avez pas dit, que Fortville vous l'eût montré!

Le Marquis (*confus*) C'est, ... Monsr...

Dorval. Nous nous expliquerons.

M. De-Fortville (*à son Fils*) Comment avez-vous su que le portefeuille était à Monsieur?

Fortville. Par le moyen des Petites-affiches, mon Père.

M. De-Fortville. Vous l'avez remis?

Fortville (*vivement*) Aussitôt que j'ai su le nom, mon Père.

M. De-Fortville. Vous ne nous en avez rien dit! pas même à votre Mère!

Fortville (*desinteressement*) Cela n'était pas d'assés grande consequence, mon Père.

M. De-Fortville. Il y avait pour plûs de cent mille francs!

Fortville (*souriant*) Pour Monsieur: mais, pour moi, cela ne valait que cinq louis... Cependant, Monſieur m'en a donné dix.

Mad. De-Fortville. Vous avez reçu de l'argent, pour la reſtitution d'objets trouvés!...

Fortville. Ma Mère! je me rens le temoignage, que mes motifs n'étaient pas indignes de vous, ni de moi.

Mad. De-Fortville. Mais vous avez reçu la recompenſe! Vous l'avez demandée!

Fortville. Il eſt vrai, ma Mère, que je l'ai demandée: mais je n'en rougis pas.

Mad. De-Fortville. Il faut d'excellentes raisons, pour vous excuser d'une... baſſeſſe...

Fortville. Monſieur eſt riche, comparé à moi... Monſieur a été bien-aise de la donner.

Dorval. Oui! oui! enchanté! ſurtout à vous, Jeunehomme... (*avec attendriſſement:* Mais, vous ne l'avez pas reçue entière: elle devait être de cinquante louis, ét je m'étais proposé de la doubler, ſi c'était un Père-de-famille pauvre, ou Quelqu'un d'intereſſant par ſa jeuneſſe... Vous voyez que c'eſt 90 louis qui vous reviennent?

Fortville (*tranſporté*) Quatrevingts-dix louis! hâ! que je ſuis aise!... (*à M. Dorval*) Monſieur! nous en ferons...

nous en ferons.... Hô! quel bonheur!...

Mad. De-Fortville. Aimer l'argent à ce point!... Hâ! mon Fils! vous me faites rougir!

Charlote. Maman! d'où-vient que moi, je ne rougis pas?... (*à Fortville*) Mon Ami, voila bien du trouble, pour une chose que tu peux sans-doute éclaircir?

Le Marquis (*à-part*) Elle l'aime!

Mad. DeFortville. Parlez, Monsieur? Vous devez compte de votre conduite, de votre honneur, non-seulement à votre Père, dont vous portez le nom;... un nom qu'il honore par sa probité, par toutes les qualités, toutesles vertus qui font le bon citoyen, le bon mari, le bon père;... non-seulement à votre Mère, qui vous a si tendrement aimé; qui vous a toujours preferé à elle-même:... mais encore à cette Jeunepersonne, que ses respectables Parens nous ont confiée, pour en faire votre épouse?

Fortville. Je suis prêt à vous rendre ce compte, que vous exigez, ma Mère! mais... en particulier.

M. De-Fortville. Non! vous n'esquiverez pas! (*montrant le Marquis*) Voila votre Accusateur: C'est devant Monsieur qu'il faut vous justifier;... ou qu'il faut effacer la honte de votre action, en ſouffrant la peine qu'elle a meritée ?. ...

Fortville (*ſurpris*) Monſieur eſt mon accusateur !

Dorval. Oui ! oui ! votre accusateur... C'eſt un malheur.. pour vous.. ou pour lui!

Fortville. De quoi Monſieur m'accuse-t-il ?

Dorval (*affectant le plûs grand ſerieux*) Vous le ſavez.

Fortville. Un mot cependant, Monſ.r ?

Dorval. Fortville ! choisiſſez ! Parlez, ou je parlerai... Je ſuis inſtruit.... J'ai vu la Femme... rue de-la-Harpe.... comme vous ſortiez de chés elle !

Charlote (*pâliſſant*) La Femme !

Fortville. Ma chère... ma belle Charlote !... Elle chancelle... O ma Mère !..

Dorval (*ſur le même ton*) Parlez?

Fortville (*à Dorval*) Puiſque vous êtes inſtruit, Monſieur... (*à Charlote*) Croyez... (*à ſa Mère*) Je voulais vous imiter... Je voulais... Ma Mère, vous ſaurez tout... Mais calmez-la ! (*Il emmène ſa Mère ét Charlote à-l'écart*).

Dorval (*à M. De-Fortville*) Sa conduite envers la pauvre Femme, me fait presumer, que le ſervice qu'il m'a rendu ce matin, ét que je ne vous ai pas encore expliqué, a des motifs ſublimes !

Mad. De-Fortville (*à ſon Fils*) De la ſincerité, mon Fils!

M. De-Fortville (*à M. Dorval*) Vous alez me dire...

VIII scène. *Les Mêmes : Valentine.*

Valentine. Une Femme en chaiseàporteurs: Les Gens de Monsieur (*montrant Dorval*) demandent à la faire entrer.

M. De-Fortville (*à Dorval*) C'est la Femme que vous avez envoyé chercher?

Dorval. Permettez-vous?

M. DeFortville(*à Valentine*) Dites-lui qu'on la recevra. (*Elle sort*).

IX scène. *Les Mêmes* (*excep. Valentine*)

Charlote (*à-l'écart, à Mad. De-Fortville*) Cette Femme m'inquiète!

Fortville (*à sa Mère*) Il faut que j'aille audévant d'elle?

Charlote. Hé! pourquoi?

Fortville. Il le faut, ma Chère... Elle arrive dans une maison inconnue... (*Il s'élance hors de l'appartement*).

Charlote. Quel empressement!

X scène. *Les Mêmes* (*excepté Fortville*)

Mad. De-Fortville (*se rapprochant; à Dorval*) Instruisez-nous, Monsieur! je suis mère,... ét mon inquiétude...

Dorval. Votre Fils est digne de vous, Madame... (*au Marquis*) La société de Fortville ne pourra jamais que vous étre utile, autant qu'honorable, Monsieur. (*à Mad. De-Fortville*) Tout a été donné à l'Infortunée qui va paraître...

Mad. De-Fortville. Une Infortunée! De quelle eſpèce ?

Dorval. Infirme, dans la ſouffrance, chargée d'Enfans.

Mad. De-Fortville. Et la compaſſion, l'humanité, la bonté-d'âme, ſans aucune autre cauſe...

Dorval. Non : ſes motifs ſont purs.

Mad. DeFortville. Hâ! que je le desire!

Charlote (à-part) On eſt encore aimable, dans l'infortune!

Dorval. Votre Fils reparait le mal, que Monſ.[r] a fait (*montrant le Marquis*) Oui, MONſieur, dans mon cabriolet, qui, par vos ordres, va vous chercher au Collége, vous avez renverſé, bleſſé cette pauvre Femme... Je le ſais de ce matin... Et Fortville, Fortville, MONſieur, lui a donné... tout ce qu'il avait amaſſé, des petits presens que lui fait ſa Mère... uniquement, parce-que cette Infortunée... a huit Enfans en bas-âge...

Charlote (à-part) Qu'entens-je!

Mad. DeFortville (à Charlote) Huit Enfans!... Ma Fille! ſerait-ce...

Dorval. La voila.

XI ét dernière ſcène. *Les Mêmes : la Veuve (ſoutenue par Jacquesſon ét par Dupré, precedée par Fortville.)*

La Veuve (à Fortville) Non, je ne me tairai pas! je dirai la verité!

Charlote (*vivement*) Maman ! c'eſt elle ! c'eſt la pauvre Femme de tantôt !

La Veuve. Voila votre Ascusateur ! (*montrant le Marquis*) Non, vous n'avez pas donné au Vice, ni cherché à ſeduire ; je me ſuis informée... (*à Mad. De-Fortvill.*) Hâ ! Madame ! vous desiriez de le conaître ? le voici mon jeune Bienfaiteur ! Celui qui m'a conſervé la vie, ét une Mère à mes Enfans ! On l'a calomnié ! (*à-part, apercevant Dorval*) Mon Frère !

Charlote. C'eſt Fortville qui l'a ſecourue !... Hâ ! que je ſuis contente ! (*à Fortville*) Et j'ai pu te ſoupçonner un inſtant ! (*Fortville lui baise la main*).

La Veuve (*à Dorval*) Vos Domeſtiques m'ont preſſée de venir : Si c'eſt pour rendre hommage à la verité, je l'ai dite.

Dorval. Oui, vous l'avez dite.

Mad. De-Fortville (*avec explosion*) O mon Fils !..... que le Ciel te rende tout le bonheur que tu donnes à ta Mère ! (*à Charlote*) C'eſt pour lui que tantôt nous avons offert au Ciel notre reconnaiſſance ét nos vœux !

Charlote. C'eſt de ſa Mère, de ſa Promise, que nous avons envié le ſort ! (*à Fortville*) Je vois que tu m'aimes ; tu n'as emprunté qu'à moi !

Mad. De-Fortville. Et tu n'a pas osé t'adreſſer à ta Mère !

Fortville. Pardonnez, ma Mère... (*montrant les deux Portraits*) Je vous ai emprunté à toutes-deux: votre Portrait ét celui de Miss Charlote n'ont plus d'autre prix que celui que vos traits leur donnent.

Mad. De-Fortville (*à Charlote*) Hâ! ma Fille! ce mot est charmant!

Dorval (*à la Veuve*) Ma Bonne, vous aurez une pension: Je prendrai soin de tous vos Enfans: Mais, soyez, eux ét vous, éternellement reconnaissans envers cette digne Mère! Elle a nourri son Fils; elle a veillé sur la bonté de son naturel, ét lui a inspiré toutes les vertus: C'est elle qui vous a soulagée, par la main de ce vertueux Jeunehomme!

La Veuve. Oui, le Fils est digne de la Mère... Madame ét Mademoiselle sont venues tantôt me visiter,.. O la respectable Famille! (*à Charlote*) Puissiez-vous, Mademoiselle, avoir tout le bonheur que vous meritez!... Mais vous l'aurez, puisque voila votre Pretendu (*montrant Fortville*).

Dorval (*à Fortville*) Ce matin, vous m'avez decouvert la trame de mes Ennemis: Vous savez qu'il existe des loix contre les Libellistes, ét vous avez exigé leur grâce, pour ne faire de mal à Perſonne, en m'obligeant.... Vous me connaiſſiez, lorſque vous m'avez ſervi: J'étais l'ennemi de votre Père: Quels ont été vos motifs, en me remettant les feuilles du pamflet, ét en me fourniſſant les moyens d'en arrêter la publication?

Fortville (*modeſtement*) Les voici, Monſieur: J'ai toujours penſé que le plûs grand mallieur pour l'Homme, était d'avoir des Ennemis. Vous étiez le ſeul Ennemi de mon Père; de mon Père! Image de la Divinité à mon égard: Il m'a ſemblé, que c'était la plûs belle des actions, de le delivrer du plûs grand des malheurs... J'en ai ſaiſi avidement l'occaſion. Si elle ne ſ'était pas presentée, j'en aurais cherché une autre: Il m'eſt venu ſouvent dans l'idée, depuis deux ans, de me deguiser, de m'offrir à vous, pour... Valet; de vous bien ſervir; de me faire aimer, pour vous dire enſuite: —Je ſuis le fils de l'Homme, dont vous vous croyez haï; c'eſt lui qui vous ſervait en moi: Lui voulez-vous encore du mal-?

Dorval (*à Mad. De-Fortville*) Une vertu ne va jamais ſeule, ét je preſſentais, à ſa bienfesance, que Fortville les avait toutes.

Mad. De-Fortville (*à ſon Mari*) Mon Ami!... votre Fils ſera ma gloire, ét la douceur de me mes dernières années!... (*à Charlote*): Ma chère Bru! tu auras un Epoux digne de toi! digne de ton vertueux Père, ét de ma bonne amie ta Mère!

Charlote. Hâ! Fortville!

M. De-Fortville (*lui presentant la main*) Mon Fils, à-l'avenir, tu ne feras plus que mon ami.

Fortville. J'y perdrais trop, mon Père!

La Veuve. Soyez tous les deux, mon jeune Monsieur; vous n'en serez que meilleur Fils.

Fortville. Oui, Madame Saintalbin, puisque mon Père le permet.

Dorval (*à-part*) C'est ma Sœur!...

La Veuve. Parmi les Riches, il est tant de vertus! Je m'en retourne doublement consolée! Les Heureux s'occupent quelquefois de nos peines ét les soulagent!... (*montrant Mad. De-Fortville*) Voici la source de mon bonheur.

Dorval (*à Monf. ét Mad. De-Fortville, ét à Charlote*) Vous êtes heureux; je vais l'être aussi... Marquis, vous pouvez y contribuer: Soyez pour votre Mère ce qu'est Fortville pour la sienne: Ce Jeunehomme, dont vous avez cru mettre à l'épreuve la probité, est le plûs tendre des Fils, ét le plûs genereux des Humains... Vous, lui disputer le cœur de Miſs Charlote ! (car je ſais vos deſſeins): Vous ne connaiſſez donc pas ſes Parens : C'eſt par des vertus, non par la qualité, que vous auriez pu devenir ſon rival, auprès d'eux, comme auprès d'elle. J'honore votre Mère, j'eſtime votre naiſſance : mais je ne m'aveugle pas moi-même ; votre éducation fut trop negligée ! Vous n'avez pour Celle qui vous a donné le jour, aucun des ſentimens que la nature inſpire, parceque votre Mère ne vous en a pas donné les ſoins. Il faut changer, devenir bon fils, ſi vous voulez voir la fortune vous ſourire.

Le Marquis (*honteux*) Je me conformerai à vos avis, Monſieur.

Dorval. Vous voyez cette pauvre Femme, que vous avez renverſée, comme un Étourdi ?... C'eſt ma Parente...

Le Marquis. Votre Parente !

Dorval. C'eſt ma Sœur !

Fortville, *Mad. De-Fortville*, *Charlote*. Votre Sœur ! *Le Marquis.* Sa Sœur !

La Veuve. Je le ſavais, depuis tantôt : Mais....

Dorval. Vous ne m'avez pas cru digne de reconaître ma Sœur pauvre, devant cette honnête et reſpectable Famille !

La Veuve. O mon Frère! épargnez-moi!

Le Marquis (*à-part*) Vous verrez qu'on me donnera ... une des Nièces....

Valentine (*à laquelle Champagne a parlé*) Madame eſt ſervie.

Mad. De-Fortville. Alons, nous mettre à table... (*à la Veuve*): Envoyez chercher vos Enfans.

La Veuve. O Madame! une autrefois... Je vous remercie; mais.. je ne vous louerai pas; vous êtes trop audeſſus des éloges.

Dorval (*vivement*) Il en eſt un, ma Sœur, qu'il faut donner à Mad. De-Fortville.

La Veuve (*avec explosion*) Oui! c'eſt la meilleure des Mèrcs!... Honorée ſoit toute bonne Mère, qui ſe mettant audeſſus d'une fauſſe delicateſſe, a le courage de l'être tout-à-fait!...

M. Dorval (*l'interrompant*) Si ſon Fils un-jour devient un Grandhomme, un bon Citoyen, un Philosophe celèbre, un Magiſtrat intègre, un brave Militaire, un Heros, après avoir exalté ſes qualités, ſes vertus, on couronnera l'éloge, en ajoutant: Sa Mère l'alaita!

La Veuve. C'eſt le plûs beau des encouragemens! (*M. ét Mad. De-Fortville emmènent la Veuve ét M. Dorval.*

Dupré (*qui reſte un inſtant en-arrière avec le Marquis*) Ma foi, monſieur, ce ſont-là de beaux exemples! Voyez le plaisir qu'on trouve à être bon! Tenez, devenez bienfesant par égoïſme! car d'honneur, il n'y a que ſoucis ét peines à être mechant...

Le Marquis (*le pouſſant ét ſ'en-allant*) Ce Faquin!

Dupré. Fortville tient de ſa Mère.... ét Celui-ci... de ſa Nourrice.

FIN de SA MÈRE L'ALAITA.

—Donnerez-vous la Pièce comme vous venez de la lire? (me dit la Marquise). —Non, Madame; j'y fais des retranchemens conſiderables; entr'autres le ſecond Acte entier, ét tout ce qui a rapport au Marquis; cela choquerait une clâſſe de Spectateurs; enfin la parenté de la Veuve, avec le Directeur de la Compagnie —A-la bonne-heure! (dit Mad. De-M****). —Comment! comment! (ſ'écria Felicité), vous ôterez un acte! la reconnaiſſance du Financier ét de ſa Sœur! C'eſt bien mal à vous! tout m'a plu dans votre Pièce-? La Marquise ſourit, en disant: —Voila bien la Jeuneſſe naïve, dont le goût eſt encore neuf! notre Jeuneſſe usagée ne vous reſſemble pas.

LES GADOIRES.

Je ſortis content: mais je n'avais pas fait trente pas hors de la rue Payenne, que mon néz fut aſſailli par la plûs infecte des odeurs. Je me mis à courir. Mais aulieu de fuir l'odeur, elle devenait plûs forte: C'est que les cassolettes alaient devant-moi à-decouvert: les miasmes s'échappaient, ét remplissaient l'atmosphère, où ils restaient longtemps, par un effet de leur extrême abondance: —Hâ! pensai je, où est l'Original? Il me dirait là-dessus d'excellentes choses-! Je n'avais pas interieurement achevé cette pensée, que je l'entendis. —Je viens audevant de vous (me cria-t-il): mais pourquoi suivre cette rue empestée? Passez dans celle-ci, ét cessez d'abreuver vos poumons d'un air corrompu, capable de porter dans la masse de votre sang une levain putrefactif! Je ne saurais me lasser d'admirer la mechante stupidité des Hommes! Il existe d'excellens règlemens, pour empecher d'infecter les Citoyens: Les Entrepreneurs s'y conforment aux premières voitures, à dix-heures du soir: mais au-milieu de la nuit, quand Personne ne les voit, ils donnent une belle preuve, que J.-J. ne sait ce qu'il dit, lorsqu'il nous assure que l'Homme est né bon: Moi, je lui soutiendrai en face, la première-fois que je le rencontrerai au Clos-Payen, que l'Homme naît mechant comme le Singe, qui est son voisin daus l'animalité. Aussi voyez que dès qu'il peut faire du mal avec impunité, il le fait immanquablement: Le fond de notre caractère est donc la mechanceté; la bonté ou plutôt la justesse ét la justice ne sont que des exceptions. Maïs d'où vient ce plaisir infernal de malfaire, comme celui de cet Homme, qui fait enlever à 2 heures du matin, sans les couvrir, les tonneaux qu'il a fait couvrir à dix-heures? D'où-vient le mechant plaisir que trouvent lesOuvriers à causer cette incommodité aux Bourgeois; car ils en rient? D'où-vient celui du Charretier, qui en souffre lui-meme? Voila ce qui me passe! c'est une brutalité, accompagnée d'un certain desir d'empêcher les autres Hommes d'être mieux que nous: C'est cette malice qui a donné aux Humains l'idée de celle du Diable, qu'ils n'ont jamais vu, ét qu'ils ont imaginé mechant à leur image. Il ne faut cependant pas croire que ceci soit hors de la nature; il n'est qu'une certaine somme de bonheur, ét les Trop-heureux le sont aux depens des Autres: Voici comment: Il existe une quantité de travail, pour la subsistance ét le vétir: Tous-ceux qui par leurs richesses ét leurs dignités parviennent à s'en dispenser, augmentent d'autant le travail de la Portion qui reste. Il n'existe qu'une quantité d'argent, de choses delicieuses, de Joliesfemmes, étlereste; si donc un seul Homme a le pouvoir de prendre les jouissances de Plusieurs, il excite naturellement leur envie, leur jalousie, le desir de les priver de ce qu'ils ont de trop. Malgré ces raisons, il serait utile qu'il y eût des loix coercitives très-fortes, contre le mal inutile à eux-mêmes que font à leurs Concitoyens les Gens des Professions mal-saines. —Mais, si vous ôtez ces malices, vous ne trouverez plus Personne parmi la Canaille pour ces professions. —Cela est faux: les professions pareilles ne sont exercées que par les Mauvais-sujets de la Société, les Incapables d'un travail intelligent, suivi ét volontaire: or il y aura toujours beaucoup de ces Gens-là dans tous les pays. Mais je dis autre chose: C'est qu'il faudrait employer aux fetides ét basses fonctions les Criminels condamnés, commandés par Ceux d'entr'eux, qui étant à la dernière année de leur temps, rentreraient dans la Société-civile par ce commandement, qu'ils pourraient ensuite garder. —Un moment! (interrompis-je), vous aviez quelque-chose à me dire? —Oui: c'est de me voir aprèsdemain-soir. —Adieu-donc (lui repondis-je brusquement; ét tâchez de vous en-retourner chés vous, ſans éveiller les Citoyens, en parlant ſeul-!

LXXII NUIT.

LE FEU DE LA SAINTJEAN.

[L'Editeur penſe qu'il y a ici quelqu'interverſion dans l'ordre des Nuits.]

J'aime quelquefois autant la folie des anciens uſages, ou leur ſimpleſſe bonace, pourvu qu'ils ne ſoient pas nuiſibles, que la ſageſſe des nouveaux.

C'était le ſoir de la veille de Saintjean. Tout le monde alait à la Grève voir tirer un feu meſquin; dumoins tel était le but du grand nombre. Mais certaines Gens en avaient un different: Les Filous regardaient cette fête comme un benefice annuel; d'Autres, comme une facilité pour ſe livrer à un libertinage brutal. Toutes les occaſions d'attroupement, quelles qu'elles ſoient, devraient être ſupprimées, à-cauſe de leurs inconveniens. L'Original m'accompagnait, ſans que je le ſuſſe: Je l'aperçus à l'entrée du quai-de-Gêvres. Nous marchames enſemble: —Si vous voulez obſerver (me dit-il), il faut un-peu vous expoſer: Ce n'eſt pas à la lisière de la Tourbe que rien ſe paſſe: Avançons-. Je ſentis qu'il n'avait pas tort, ét quelque repugnance que j'y euſſe, je perçai la Foule à la ſuite de mon Conducteur. On me parut dabord aſſés tranquile. Mais, en écoutant la converſation, je compris qu'un Grouppe d'Ouvriers Orfèvres ét Horlogers de la Place-Daufine ne formait un cercle, ét ne raſſemblait adroitement, au centre, de Jeunes-perſones aſſés jolies, que pour les rendre victimes de l'imprudente curiosité qui les aveuglait. —Attention ! (me dit M. Du-Hameauneuf). J'obſervai donc la manœuvre, qui ſe continuait. Je jetai les ieux ſur un autre Grouppe: Celui-ci travaillait differemment: Il encerclait tous les Gens qui paraiſſaient avoir de l'argent ét des montres : On les pouſſait par un petit mouvement ondulatoire, dont ils ſ'apercevaient à-peine ; ét Celui qui les fesait avancer plûs bruſquement, était Celui qui ſe plaignait davantage de la preſſe. Tout ce monde reſta honnête, juſqu'aux premières fusées. —Attention ! (repeta Du-Hameauneuf): Sans moi, vous étiez entraîné ; mais nous nous ſommes ſoutenus à nous-deux-. J'obſervai que les ondulations redoublaient. Je ne regardais nullement les fusées, ét je m'aperçus que les Filous en fesaient de-même: il me parut qu'ils gliſſaient la main dans les poches ou les gouſſets, lorſque la fusée ſ'élevait, ét qu'ils retiraient l'hameçon pendant les cris ét les tremouſſemens qu'excitait chaque baguette tombante. Mais bientôt je quitai cette ſcène, pour l'autre.

Les Compagnons-Orfèvres agiſſaient de leur côté. Les imprudentes renfermées dans les differens cercles qu'ils formaient, me parurent enlevées les Unes à deux pieds de terre, les Autres couchées horizontalement ſur les bras; Quelques-unes étaient au-milieu d'un double-cercle: Toutes étaient traitées de la manière la plûs indigne, ét quelquefois la plùs cruelle. Leurs cris n'étaient pas entendus, parceque les Poliçons choisiſſaient les inſtans de la chute des baguettes, ét que dans les autres momens, ils pouſſaient eux-mêmes des cris, qui couvraient ceux de leurs Victimes. Du-Hameauneuf perçait les differens cercles comme une tarière, ét m'y fesait penetrer. —Ne dites pas un mot! (m'avait-il recomandé): nous ſerions étouffés-. Nous vimes des choses horribles; entr'autres, au-milieu d'un triple cercle, une Jeunefille avec ſa Mère, qu'on rendait temoin ét participante des infamies faites à ſa Fille. Cette Infortunée ſe trouva-mal... Le reſte du recit ne peut ſe faire. Le feu finit heureusement, ét ce fut pour la dernière-fois. Le Prevôt-des-Marchands fut inſtruit de ce que nous avions vu; ét cette cause, reünie à une autre, fit ceſſer un dangereux enfantillage. Les Filous ét les Poliçons ſ'écoulèrent comme l'eau, ét les Insultées se trouvèrent entourées de Gens tout-differens, qui n'imaginaient autre chose, sinon quelles avaient été trop pressées. L'Original me dit alors : —Les Clercs ét les Ouvriers des professions qu'on nomme relevées, se permettent, dans toutes les occasions où ils se trouvent confondus avec la Foule, des actions atroces : La raison en est simple ; le travail de ces Jeunesgens-là n'est pas fatiguant, ét laisse au corps toute sa vivacité : ensuite ils se corrompent mutuellement par la communication, ét dès qu'ils se trouvent avec des Femmes qu'ils peuvent toucher, ils suivent tous les écarts d'une imagination derèglée. Voyez de l'autre côté, ces Gens sans bourse, sans montre, sans boucles de souliers, ni de jarretières: ils ont été enlevés, portés par leurs officieux Valets-de-chambre, qui formaient cercle ét file : Ceux du cercle donnaient à Ceux de la file: arrêtez-vous les Premiers, vous ne leur trouvez rien ; tout est deja sorti de la Place, à la fin du feu-.

Ici, je dis à l'Original, que je le quittais, pour aler à mes affaires. Il me rappela, que nous devions nous voir le lendemain-soir, ét nous nous separâmes. J'étais indigné de ce que je venais de voir, ét de la depravation de l'Espèce-humaine:

J'avais

J'avais reconnu parmi les Insulteurs, un Flamand, nommé Calkus, que je resolus d'épouvanter, en le menançant de le declarer. Il s'enfuit, ét quitta la Capitale.

J'alai chés la Marquise : je m'en tins au triste recit de ce que je venais de voir; j'étais encore trop ému pour faire une lecture. Je dis cependant un mot de la Muette qu'avait chés lui l'Homme-singulier, ét j'annonçai le mariage.. De son côté, Mad. De-M**** était si frappée de ce que je venais de lui devoiler, qu'elle ne pouvait s'occuper d'autre chose. Elle écrivit plusieurs lettres à ce sujet, ét je sortis plûtôt que de-coutume.

LE MAL SANS REMÈDE.

Je revins par la Grève. Le silence ét la solitude règnaient dans le même lieu, où peu d'heures auparavant comandaient le trouble ét la confusion. Je m'arrêtai à reflechir : —Les Bonnesgens, proche des cimetières, ont peur des Revenans: Ici, l'on vient se rejouir dans le même endroit, qui si souvent retentit du cri des Malheureux, immolés à la sûreté publique; où si souvent coulent les larmes de Ceux qui vont perir d'une mort moins cruelle en apparence ! C'est-là que n'aguère une Infortunée, qui voulait sauver son honneur, a payé de sa vie une erreur de trouble, plûtôt qu'un sentiment de cruauté envers son Fruit! Cette loi est trop sevère-!... Je reflechissais, lorsque j'aperçus à l'entrée de la rue du-Mouton, un Homme qui arrivait en robe-de-chambre: Je me tins coït. Il s'avance, cherche du piéd le pavé qu'on deplace pour le gibet, ét s'agenouille: —O ma pauvre Marie! pardonne! pardonne-moi! Voila trente ans que je viens à pareil jour, te prier de me pardonner!... ét je sens que je ne le suis pas encore-! Il pleura; il se leva: —Malheureuse jalousie-! Il s'en-ala sanglotant. Je le suivis. L'on saura quelque nuit la cause cette conduite; car je ne la connus que longtemps après.

LXXIII NUIT.

SUITE: LE GITE.

Je me proposais, dans la matinée de la nuit suivante, d'assister au mariage de la Jeune-muette avec l'Original. Je me rendis à sa demeure. Je le trouvai preparé. J'avais les autorisations necessaires, ét nous alames les montrer au Prêtre. Il est singulier qu'un contrat civil, comme le mariage, soit à la disposition de Gens qui n'ont ét ne peuvent avoir aucune iuridiction civile!... On nous fit des difficultés L'Original prit de l'humeur, ét malgré mes representations, il rabroua le

Prêtre : Et comme ces Gens-là ſont très-hauts, Celui-ci ſe piqua ; nous fumes obligés de remettre le mariage : —Vous ne ſavez pas (dis-je au Prêtre), à quel danger vous exposez le ſort d'une Jeune-infortunée ! ſes mœurs-? A ce mot, il ſourit dedaigneusement. Je me fâchai : Il menaça. L'Original l'entendit : Ce fut alors que je vis commencer entr'eux une altercation effrayante ! Le Prêtre cherchait à ſ'autoriser des loix : L'Original, quoiqu'honnetehomme, ſortait des bornes, ét ne menageait rien. Je tâchai de les calmer, mais inutilement, ét les choses en vinrent au point, qu'on declara le mariage impoſſible. A cette decision, je ſaisis la main du Futur hors de lui-même, ét je l'entraînai.

Il était tard : nous courumes chés la Marquise, pour l'inſtruire de ce contretemps. Mad. De-M**** nous promit la protection du Gouvernement, ét nous partimes enſemble, l'Original ét moi. Il était alors deux-heures. L'Original marchait vivement, en proteſtant que, de ſa vie, le mariage ne lui ſerait rien. Je lui obſervai, qu'on lui ôterait la Muette. Il ſ'emporta contre moi : Il declama comme un furieux contre le Prêtre. Mais enfin il ſ'adoucit ; car il n'était pas mechant. Il rentra presque-calme ; ét moi, me trouvant trop ému pour dormir ; je prolongeai ma promenade solitaire.

Je me trouvai dans la rue Sainthonoré à 3-heures. Un Falot me voyant errer, s'approcha benignement, ét me dit : —Monsieur me paraît étranger ? Peutêtre Monsieur ne sait-il pas toutes les ressources qu'on trouve dans une Ville comme Paris ? —Quelles ressources me procurerez-vous ? (car je ne tutoyai jamais que mes Amis les plus intimes ; encore a-t-il falu qu'ils le fussent dès l'enfance). —Si Monsieur veut un lit-de-Garson, je lui en procurerai un ? —Non. —Monsieur, veut un lit de Mari ? —Un lit de Mari ?.... Ma foi... non —Hâ ? Monsieur voudrait un lit-de-passade. —Oui. (Je repondis oui, parceque j'ignorais la valeur de la proposition.) —Monsieur l'aura : Combien Monsieur mettra-t-il ? —Mais, ... que faut-il mettre, pour être bien ? —Je ferai donner la carte à Monsieur-. J'arrivai à la porte d'une espèce de Gargoe : une Femme qui avait l'emploi de veiller, ét qui dormait le jour, me toisa plusieurs-fois de la tête aux pieds. Elle alait me conduire, sans parler, lorsque le Falot lui dit de me donner la carte.

Je le payai, pendant que la Femme ouvrait un Livre vert fort-sale, dont elle me montra la page. Je lus donc :

Lit simple, 1 sous : Lit double, matelas, paillasse ét draps, 6 sous. Lit à deux, 12 sous pour le lit : Plûs, suivant la Compagnie ; commune, 24 sous ; avec linge blanc, 36 sous ; choisie, 48 s. ; recherchée, 3 livres ; audessous de seize ans, 6 liv., étlereste.

Je demandai, ce que signifiait, *étlereste*, ét on me le dit. Je demandai, *Etlereste*. A ce mot, le Falot disparut. La Femme me conduisit à une chambre assés propre, qui me parut ce qu'il y avait de plûs magnifique dans la maison : —Dans un-instant, vous alez avoir ce qu'il vous faut-. Je m'assis : J'examinai la chambre, le lit ; je doutai que les draps fussent blancs, ét je me convainquis qu'ils ne l'étaient pas. Mais que m'importait ? Aubout d'un quartd'heure, on ouvrit la porte, ét je vis entrer deux Jéunespersonnes, l'Une de 16 à 17 ans, fort-jolie, mais très-effrontée, ét l'Autre, de onzeà douze environ. —Choisissez, ou prenez-les toutes-deux, en payant d'avance. —Quoi ? une Enfant Quel établissement est ceci ? Qui l'autorise ? —Apprenez (me dit la Garde-nuit) que nous ne sommes pas des Miserables, qui corrompons la Jeunesse : notre Maison est connue ; y vient qui veut : Nous y employons les Filles faites, mais nous ne les fesons pas! Si vous êtes un Etranger, il faut que vous sachiez que nous sommes des Gens d'honneur.... Voyons, choisissez, ou gardez les deux ? —Je les garde. —Payez entre mes mains-. Je crus pouvoir sacrifier douze francs, ét je les donnai avec dix-huit sous pour le lit. La Garde se retira, en nous enfermant à la clef. —Je veux sortir de bonneheure ! (lui dis-je). —Dès-à-present, si vous voulez: vous frapperez-. J'oubliais de dire, que pendant tout le temps que la Garde-nuit m'avait parlé, un Inconnu paraissait m'examiner dans le lointain. Cet Homme avait un crayon; il me dessinait. Je restai avec les deux Filles, qui se comportèrent fort-modestement. Elles se mirent au lit très-vîte, sans m'agacer. Je leur parlai. Je compris qu'elles étaient d'une maison-publique voisine, qui fournissait l'etcetera, ét que tout cet Etablissement était un espèce d'appât tendu, moins pour y prendre le Crime, trop fin pour venir se brûler à la chandelle, que pour le prevenir, ét savoir mille petits details qui conduisaient à connaître la verité. Comme j'étais tout observation, j'examinais les moindres choses. Je ne touchai pas aux Filles du bout du doigt: Je restai sur une chaise, ou dans une espèce de fauteuil, écoutant, en feignant de dormir. J'entendis un petit bruit derrière-moi. J'entr'ouvris l'œil. Quelle fut ma surprise, de voir sous un vieux tableau, une téte d'Homme, puis tout le buste sortir du mur, ét s'alonger dans la chambre! tâter legèrement sur le lit, ét compter les têtes! Il ne me voyait pas. Mais après en avoir compté deux, l'Homme m'aperçut assis. Il se retira vivement, ét je n'entendis plus rien. Une demi-heure après, ce fut une autre scène. A-côté de ma chambre en était une, qui n'en était separée que par une cloison de planches: on disputait: la Fille se plaignait; l'Homme exigeait: enfin ils se battirent. La Fille cria au secours. Je m'approchai, je levai la tapisserie, ét je sentis qu'en poussant un vieux tableau, on avait de quoi passer le buste dans la chambre de mon Voisin. Je vis tout. Mais pendant que j'examinais, sans être remarqué des deux Agens, il m'arriva de regarder en-haut. J'aperçus audessus du lit, le plafond peint derangé; en-place d'une tête, était le même Buste d'Homme que j'avais deja vu dans ma chambre. Nous nous regardames enface. Il fut ſurpris : moi, je me mis à rire, ét la paix ſ'étant retablie, d'ellemême, chés nos Voisins, parceque la Fille ceda, je me retirai. Un inſtant après, j'entrevis encore le Buſte dans ma chambre. Je m'étais envelopé dans le rideau ſur mon fauteuil, deſorte-qu'il ne m'apercevait pas. Il compta encore les Tetes, ét n'y trouvant pas la mienne, il parut inquiet. Je fis ceſſer ſa perplexité, en lui ſaisiſſant l'oreille, que je tirai de toute ma force. Il ſe replia. Je levai le tableau, à mon tour, ét je vis avec ſurprise une eſpèce de Cantine, où trois Hommes paraiſſaient monter la garde. Ils me virent auſſi. Je leur fis une ſorte de ſalutation. Le jour commençait à poindre: la Garde-nuit vint m'ouvrir, ét me dit: —Puiſque vous ne vous couchez pas, que vous ne dormez pas, à quoi bon venir dans cette maison ? —J'eſperais y dormir; mais vous m'en avez empêché: un Homme a paſſé la tête par ce trou : un autre Homme a fait un bruit épouvantable par ici. (Je levai l'autre tableau.) Mais quelle fut ma ſurpriſe, en voyant les trois Hommes, prendre mon Voisin le bruyant, ét le lier ! Il fut emmené. La Femme me renvoya. Un Homme me dit en ſortant : —Il y a long-temps que je vous connais ! ét ſi le Falot n'avait pas été un imbecile, vous auriez couché dans votre lit. —J'ai payé pour voir, ét j'ai vu. —N'y revenez plus ! —Hô ! je vous en repons ! Mais je ne vous promets pas le ſecret–. Cependant j'avoûrai que tant que le Gîte a exiſté, je n'ai pas osé le divulguer. Je rentrai dans ma demeure, à 6 heures-du-matin.

LXXIV NUIT.

Conclusion de la Muette.

La Marquise n'était pas demeurée tranquile : Dans la journée, elle avait vu les Magiſtaats ét le Superieur-ecclesiaſtique. A ſept heures, on paſſa ſous ma porte le billet-d'invitation de la part de M. Du-Hameauneuf. J'y lus qu'il aurait besoin de moi comme temoin, dans la nuit, à quatre heures. Au moment de ma ſortie, je courus chés l'Original. Je le trouvai tranſporté-de-joie : —Le règne du Fanatiſme eſt paſſé, me dit-il : Autrefois tout tremblait devant un Prêtre entêté ; dans les petites diſcuſſions avec lui, l'on avait toujours tort ; on retenait le Gente-humain dans une éternelle enfance: Hièr, le Grandprêtre lui-même a fait taire le Petit. —Ce n'eſt pas ici le moment de parler (lui dis-je); il faut agir: Tout eſt-il prêt? —Tout, tout-. Je voulus voir, ét je trouvai qu'il n'avait pas diſposé la moindre chose. J'agis pour lui, tandis qu'il parlait. J'alai trouver la Tante de la Petite-muette; je lui detaillai les avantages du Parti qui ſe presentait pour ſa Nièce, ét je lui fis entendre, qu'il falait qu'elle ſe mît à la tête de cette maison, pour la gouverner, ſans écouter un Homme qui parlait toujours. Elle ne demandait pas mieux que de commander; elle laiſſa paraître ſa joie, ét ſ'habilla, pour aſſiſter au mariage. J'avais cru cette demarche neceſſaire, malgré mes promeſſes à l'Original. Elle était jolie; je l'amenai avec moi: mais je ne la montrai pas; elle reſta auprès de ſa Nièce, que je devais conduire à l'hôtel de la Marquiſe, d'où elle devait ſortir, pour aler à l'égliſe.

L'INSULTE.

Il était onze heures. Dans la rue Saintantoine, encore frequentée, je fus obligé de laiſſer un inſtant ſeules la jolie Tante ét la Muette. Elles avancèrent quelques pas. Un Homme, qui ſortait de la rue des-Ballets, les aperçut, ét ſ'approchant d'elles, leur offrit ſon bras. Les Femmes de Paris ne ſavent pas repondre aux Hommes, qui leur parlent le ſoir dans les rues: Quelque polie que ſoit une offre, elles la regardent comme une inſulte. La jolie Tante repondit durement, ét l'Homme ſut choqué: Il avait mauvaise-opinion de deux Jeunespersonnes qu'il voyait aler ſeules aſſés lentement; ét ce qui l'y confirma, c'eſt qu'elles retournèrent bruſquement ſur leurs pas. Il leur prit alors le bras par-force, pour les faire-marcher avec lui. La Tante ſ'écria: J'accourus. L'Homme, en me voyant, mit l'épée à la main, en menaçant que ſi j'approchais... —Vous n'y penſez pas! (lui criai-je); ét vous violez la ſûreté publique, qu'au-fond vous reſpectez: Ces Dames ſont avec moi, ét je les conduis chés Mad. la Marquise de-M****: Devenez raisonnable, ou j'appèlerai à mon ſecours la Garde prochaine-. A ces mots, l'Homme hesita: il abandonna la jolie Tante, qui vint ſe jeter à mon bras; mais il gardait la Muette, qui était très-jolie, avec ſon bouquet ét ſon chapeau de Mariée, ét qui ne comprenait rien encore à ce qui ſe paſſait. Au ſigne que lui fit ſa Tante, elle ſ'échappa comme un Poiſſon. L'Homme nous regardait. A quelque diſtance, il m'entendit rire. Il crut que nous nous moquions de lui, ét il fondit ſur moi. Je me defiais, heureusement! Je me garantis, ét j'appelai la Garde. Mais l'Homme eut le temps de ſe retirer, quoique nous fuſſions en vue de la Sentinelle. Je reprochai à Celle-ci de n'avoir pas ſifflé. Je compris que la règle eſt, qu'on ne ſe derange que pour des cas grâves, comme lorſque l'Homme attaqué eſt mort, ou lorſque les cris commencent à porter l'alarme dans le Voisinage. Nous arrivames un inſtant après.

Mad. De-M**** voulut aſſiſter au mariage : Il fut convenu qu'elle mènerait la Tante ét la jolie Mariée dans ſa voiture, comme ſi la Première était une Femme à elle. Il ne me vint aucune objeƈtion, ét je retournai vers l'Original.

M. Du-Hameauneuf parlait ét n'agiſſait pas. Je fis preparer la colation. Je l'obligeai, lui, à prendre un habit propre, ét à ſouffrir qu'on arrangeât ſes cheveux. Le temps ſ'écoula ; nous entendimes arriver le carroſſe de la Marquise, ét nous deſcendimes audevant d'elle. La jolie Tante fit une forte impreſſion ſur M. Du-Hameauneuf ! mais il n'osa le temoigner. Il demanda tout-bas, Quî elle était? —Je vous dirai tout-cela en revenant ; nous ſommes preſſés–. Je liſais dans ſon âme: mais j'étais tranquile ;

la Tante n'aurait pas voulu de lui : D'un autre côté, j'étais charmé qu'elle lui plût. En chemin, il m'en parla sans-cesse. A notre arrivée à l'église, il voulut absolument savoir, quî elle était, parcequ'il vit qu'elle connaissait la Muette, ét qu'elles étaient familières ensemble. Je lui dis alors, que j'avais cru necessaire, que la jeune Epouse eût aumoins sa Tante avec elle, pour dire OUI, à sa place. —Sa Tante! elle est sa tante! —Oui, ét si vous êtes sage, vous lui proposerez degouverner votre maison. —C'est fait! c'est arrêté! elle la gouvernera. —Mais alez droit! car ... elle est d'un caractère... —Soit, soit! une si belle Personne ne peut jamais avoir tort-. Le mariage fut celebré. A la demande, *Prenez-vous?* la Tante fit les signes convenables, ét la Muette repondit en consentant; la Tante prononça le *oui*. Nous revinmes aussitôt chés le Marié: la Marquise voulut bien assister à la colation : Elle fut temoinde l'enchantement du nouvel Epoux, à chaque mot de sa jeune Tante: Il fut convenu, qu'elle regirait la maison, ét M. Du-Hameauneuf en parut absolument épris. La Tante était bien satisfaite! elle me le temoigna d'un ton aigredoux, le seul que son caractère hautain lui permît de prendre, lorsqu'elle était de belle-humeur. On lui arrangea un petit appartement, ét elle resta. La Marquise partit avec sa Femme de-chambre, ét je me retirai quelque-temps après, non sans avoir donné à la jolie Tante toutes les instructions dont elle pouvait avoir-besoin, sur le caractère de son Neveu.

LXXV NUIT.

LA *FILLE* QUI VEUT SE MARIER.

L'esprit tranquile sur la Muette établie, ét me trouvant debarrassé de toute inquiétude, j'alai, lors de ma sortie, chercher des sujets-de-reflexion, ét des abus à corriger. Je marchais les bras croisés sous mon manteau, observant tout ce qui frappait mes regards. Au coin de la rue des-Bonsenfans, j'aperçus une grande ét jolie Fille, en pelisse-bleue, qu'un Manœuvre voulait maltraiter. Je m'approchai: —Quoi! mon Ami, vous alez frapper cette jolie Fille? quelle âme avez-vous donc? —Que m'importe, à moi, qu'elle soit laide ou jolie? ce n'est pas pour mes Pareils. —Ha! je vais vous repondre d'après le même principe: Comme elle est pour mes Pareils, je pretens la defendre: Retirez-vous sur-le-champ, ou-... Le Manœuvre ne se crut pas le plûs fort; il se retira. La Fille était penetrée de reconnaissance, ét elle voulut me la temoigner en Personne de son état. Je la remerciai: mais j'entrai chés elle, parceque je la reconnus pour la protegée de Pinolet, que je lui nommai. —Je ne vais pas dans vos maisons, (ajoutai-je). —Quoi! jamais vous n'alez chés les Femmes? —Jamais. —Et vous les defendez! Hâ que vous êtes estimable! Car on ne peut que mepriser Ceux qui voient mes Pareilles. —Vous me surprenez! Comment cela? —Nous sommes degradées, aviiies, ét nous le meritons par notre profession. Car, que sommes-nous? La plûpart des Infortunées sans principes, sans éducation; des servantes, des femmes-de-chambre tout-au-plûs. Qui nous debauche? Nos Maîtres; des Hommes qui ont un état, une éducation. Quelques-unes d'entre nous, sorties de la plûs basse condition, sont portées au mal par des Soldats, ou même des Officiers, corrupteurs-nés de notre sexe; un très-petit nombre, par des Hommes d'une autre espèce; mais cela ne vaudrait pas la peine d'en parler, si ces Corrupteurs ne s'adressaient pas aux Filles de famille honnête: ce sont eux qui m'ont perdue... Mais les autres Filles, comme je le disais, n'ont rien à perdre, en se ravalant audessous de l'humanité; elles l'étaient deja par leur miserable condition: àucontraire, elles paraissent monter d'un cran, aumoins pendant la jeunesse... Mais ce n'est pas où je voulais en venir. Les voila donc prostituées, ces Infortunées sans éducation! Qui les voit, qui les entretient dans l'avilissement? Ce sont moins les Jeunes-gens, qui paient peu, ou point, ét qui parconsequent ne fourniraient pas des moyens de subsistance, que les Gens-mûrs: ce sont de bons Bourgeois, des Hommes établis, des Artistes, des Artisans aisés, des Marchands, des Avocats, des Procureurs, de graves Personnages de tous les états; voila quels sont les Hommes que nous recevons tous les jours, ét qui retiennent dans la degradation les Malheureuses qu'on leur voit ensuite eux-mêmes flétrir, punir, ensevelir toutes-vivantes dans un gouffre de malheur ét de desespoir! —O Fille! m'écriai-je, comment, avec du raisonnement, avez-vous pu rester dans votre deplorable état? —Faute de ressources ét d'asile. Perdue par l'Homme auquel on avait confié mes mœurs, il s'est tiré de l'abîme, en m'y plongeant. Obligée de fuir ma Famille, je ſuis venue dans la Capitale : Je me ſuis jetée dans un lieu infame, ſans en connaître les horreurs... L'effroi m'a ſaisie: le vice eſt toujours effrayant, vu de-près... Je ne pouvais retourner à un état honnête: Qui m'aurait presentée, accueillie?... Je m'éloignai de l'abominable maison: je me fis un vice moins odieux, moins degradant; ou plutôt j'ôtai le vice de mon état. Pour être en ſureté chés moi, je me fis enregîtrer; je me traçai un plan: je vécus ſeule; je fus douce, honnête, polie, desintereſſée autant que je pouvais l'etre: j'éloignai de ma conduite avec les Hommes toutes les infamies, ét ſurtout j'eus ſoin de ne jamais exposer leur ſanté. Je puis dire que les Hommes nous traitent comme nous nous traitons nous-mêmes; j'en ai peu trouvé qui ne m'aient temoigné une conſideration égale à celle que je leur marquais, ét ſurtout à celle que j'avais pour moi-même. Ma propreté, ma ſaineté m'en fesaient conſiderer à un certain point, aumoins par égoïſme... Mais cette heure n'eſt pas favorable pour la converſation: Venez dejeûner dimanche avec moi? —Je ne dejeûne jamais, ét jamais je ne ſors le matin. —Comment donc cela? —Je ſuis d'une eſpèce d'Hommes qui ne ſort que la nuit. —Ciel! que me dites-vous? ét l'Homme que j'ai cru ſi honnete, ſerait-il... —Parlez? que penſez-vous que je puis être? —Mais vous ne ſortez que la nuit.. Êtes-vous un voleur? —Non: je ſuis un homme laborieux, qui travaille tout le jour, ét qui, la nuit, obſerve ce qui ſe paſſe, pour être utile aux autres Hommes. —Hâ! que j'aurais de plaisir à pouvoir vous eſtimer!.. Tenez, venez ſouper avec moi, demain-ſoir: nous ferons connaiſſance-. J'y conſentis, ét je la quittai.

Je paſſai chés M. Du-Hameauneuf. Je le trouvai très-content de ſon mariage, ét ſurtout de la jolie Tante; qui, de ſon côté, me dit que mon Homme était un fou, dont la fortune, aſſés conſiderable, alait ſe perdre par ſa negligence ét la friponnerie de ſes alentours; mais qu'elle était ſur-le-point de faire tout rentrer dans l'ordre. J'alai porter ces heureuses nouvelles à la Marquise.

J'avais, dans le jour, composé une Juvenale, intitulée, LETTRE D'UN SINGE, que je lui lus *.

—Voila un morceau plein de vehemence

* Voyez cette Juvenale, à la fin du III Vol. de LA MALEDICTION-PATERNELLE.

ét de verité! (me dit Mad. De-M****,) ét surtout d'une singularité frappante! Vous avez un talent reel, ét j'en felicite mon Ami: vous aurez un-jour de la reputation. —Vous vous trompez, Madame: pour avoir de la reputation, il faut la manière des Laharpe, des Marmontel, des Tomas: la mienne est simple, sans apprét, sans adresse; jamais on ne parlera de moi; ét peutêtre sera-ce tantmieux. —Si l'on ne parle pas de vous par cette raison, je dirai tant-mieux, comme vous: Non que je n'estime le talent de ces Ecrivains; mais ne pas leur ressembler est un merite, quand on a une manière à soi—. La conversation en resta-là, ét je sortis.

LE TONNERRE-NOCTURNE.

Le temps s'était couvert, pendant ma lecture: A ma sortie, un orage épouvantable commençait. Les éclairs éblouissaient; une pluie à larges gouttes bruissait comme la grêle. Bientôt les échenés saillans verserent à seaux leur eau fetide sur les Imprudens qui avaient trop prolongé leur promenade audehors. On était dans le premier quartier de la Lune; point de lumière; on aurait dit que les tenèbres avaient de la densité: Les éclats de la foudre, precedés d'une lumière tremblotante, redoublaient la pluie fouettée par le vent. Les rues devinrent des lacs, ét leurs ruiſſeaux des fleuves. Je marchais neanmoins, ét je me disais : —Dans la Capitale de la France, au XVIII.e ſiècle, pas un abri public! Point de conduits ſouterreins pour les eaux pluviales-!... J'étais envelopé dans mon manteau juſqu'aux ieux. Un éclair brûlant, ſuivi d'un horrible coup-de-tonnerre interrompit mes reflexions. Au même inſtant, j'entendis un cri aigü. Je cours. C'était une Femme, un Homme ét deux Jeunespersonnes, qui revenaient de la promenade hors de Paris, ét qui, ſans prevoyance, s'étaient arrétés aux premières gouttes-d'eau; tandis qu'il falait doubler le pas. L'orage ne leur permettait plus de quitter un demi-abri, qui ne garantiſſait pas leurs jambes. La Femme était enceinte, ét venait d'être ſi fort effrayée par le cri de l'Une des Jeunesfilles, qu'elle s'était bleſſée. Point de ſecours à eſperer: Le vent, la pluie, le tonnerre fesaient un bruit épouvantable. Je connaiſſais le quartier; je tâchai de porter la Femme juſqu'à une alée dont je ſavais le ſecret : le Mari m'aida : les deux Jeunesperſonnes pouvaient à-peine ſe ſoutenir. Le large ruiſſeau de la Vieille-rue-du-Temple était à traverſer : nous entreprimes de le franchir : au-milieu, le piéd vint à manquer au Mari, ét je demeurai chargé de tout le fardeau. J'entrai, par la rue des-Rosiers, dans celle des-Ecoufes; j'ouvris la porte de l'alée d'une Fruitière, ét nous fumes à-l'abri. La Femme accoucha. Nous étions dans un embarras étrange ! J'alai frapper au premier. On s'éveilla difficilement. —Sauvez la vie à une pauvre Femme-! (dis-je à ces Bonnesgens). On aluma une lampe : On deſcendit : On trouva la Femme preſque mourante : nous la montames ; nous la mimes au lit : on la rechauffa ; on ſoigna l'Enfant ; la Fruitière était toute-activité. J'obligeai le Mari ét les deux Jeunespersſonnes ſes ſœurs, à ſe rendre chés eux, la pluie étant ceſſée, ét je leur recommandai de ſe mettre au lit en arrivant, de ſe reposer, ét de ne revenir qu'après quelques heures de ſommeil. Je m'en-alai auſſi : J'étais trempé juſqu'aux os, ét je pouvais dire comme Panurge, L'eau de mes ſouliers me ſort par le colet de ma chemise. Quant à l'Accouchée, elle était auſſi bien qu'elle pouvait être.

Quoi ! dans une Ville comme Paris, capitale d'un grand Royaume, où les pluies sont aussi frequentes que les beaux jours sont rares, ne devrait-il donc pas y avoir d'espace en espace des abris publics, pour servir de refuge au Peuple? Ne pourrait-on pas, comme dans l'ancienne Rome, pratiquer des conduits souterreins, pour les rues qui abondent en eau, dans les orages, comme celles Saint-jaques, Galande ét de-la-Harpe; sous la rue Saintmartin, la rue Saintdenis, la rue Sainthonoré aux environs du Palais-royal; sous les rues Montmartre ét Montorgueil; les rues Vieille ét Neuve du-Temple, la rue Saintantoine, ét le reste?

LXXVI NUIT.

Suite de la Pelisse-bleue.

J'avais promis à la Fille protegée par Pinolet, de souper avec elle, ét Mad. De-M***, à qui j'avais communiqué mes motifs, les avait approuvés. J'arrivai à neuf heures chés Eustoquie. Je trouvai le souper prét, une Poularde rôtie, une salade, du dessert en fruits de la saison, ét du vin-blanc. — Je me fais une fête de vous donner à souper, me ditelle, ét j'espère que cette soirée va decider mon sort pour jamais. Lorsque vous m'avez quittée hièr, je vous ai fait suivre: On a su votre demeure: J'ai vu enſuite Pinolet, qui m'a dit beaucoup de bien de vous, ét qui m'a confirmée dans un deſſein, qui m'eſt venu dès hièr-ſoir: audeſſert je vous le dirai-. Nous nous mimes à-table auſſitôt. En mangeant, elle reprit la converſation de la veille, ét continua de me raconter la manière dont elle ſ'y était prise, pour être honnête dans une profeſſion infame. Cette Fille avait beaucoup d'eſprit, le plûs grand bon-ſens, ét des vues profondes. Elle me dit, par-exemple, Que les Filles de ſon état étaient abſolument neceſſaires, pour empêcher un plûs grand mal. Elle avait lu, exprès pour calmer ſes remords, ét ſe faire une conſcience qui lui rendît la vie ſupportable: Elle me peignit les mœurs obſcènes des Romains ét des Grecs leurs devanciers: Elle me parla de celles d'Alger ét de Tunis, pays où les Femmes de ſa profeſſion ſont rares, par un effet du gouvernement ét des mœurs: Elle me cita enſuite des traits épouvantables, arrivés dans certaines Villes de province, où les Filles n'étaient pas tolerées; traits qui font peu de bruit, parcequ'on ne veut pas deshonorer une Jeuneſſe imprudente. (La plume ſe refuse à rapporter ces traits de violence, ét pis encore!) —Tous ces abus, tous ces crimes (ajouta-t-elle) n'existent pas où il se trouve des Filles publiques en quantité suffisante, assés bien mises pour qu'elles soient le simulacre des Femmes des conditions aisées, ét qu'on puisse voir secrètement. Car dans certaines Villes de province, comme Dijon, ét Lion même, où elles n'ont que le costume de la misère ou des Grisettes, elles n'empêchent pas tous les écarts: Mais à Paris, elles pourraient les prevenir tous. Ce n'est pas qu'elles le fassent; elles en sont bien éloignées! mais quelle en est la raison? C'est parcequ'elles sont abandonnées à elles mémes; c'est que les Filles de cet état sont bornées, de mauvais-sujets, des âmes vicieuses, degradées, ét qui s'autorisent de leur degradation même, pour tout braver: Aulieu que si on règlait un état necessaire; qu'on lui donnât des mœurs aussi bonnes qu'il est possible qu'il les ait; qu'on preservât la santé des Filles; qu'on les empéchât d'être les propagatrices d'une maladie terrible; qu'on les fit rentrer dans la nature, tellement, que par leur état même, elles y fussent plús que les autres Femmes; qu'on leur donnât de l'estime pour elles-mêmes, à-raison du bien qu'elles peuvent faire, ét du mal quelles peuvent empécher, il il en resulterait des avantages pour les bonnes-mœurs, plûs grands que tous ceux des principes févères, qui ne peuvent tout-au-plûs commander qu'aux actions exterieures. Je sais tout le bien que j'ai fait, depuis que je suis dans un état, qu'il faut appeler infame, parcequ'il l'est reellement, par la manière dont il est exercé. Quand un Homme est venu chés moi, depuis que je suis ma maîtresse, je l'ai accueilli avec douceur, avec complaisance : je l'ai retenu, autant qu'il a été possible, dans les mêmes termes de decence, qu'une Epouse honnête fixe à son Mari. Loin de deplaire aux Hommes par-là, je les ai surpris, enchantés, attachés : je n'en ai pas connu Un-seul, qui, après m'avoir dabord parlé comme à mes Pareilles, n'ait fini par me traiter de MAdemoiselle, en me marquant de la consideration. Voila pour les avantages qui me regardent. Mais ceux que je leur procurais, étaient encore plûs grands. Je les éloignais par le charme de mes caresses de tous les écarts honteux, ét surtout de l'écart solitaire, si dangereux, dont un Ancien a dit, qu'il precipitait l'Homme. (C'est Martial*). J'ai fait plûs; ce même

* Faciunt, præcipitan que Virum.

charme de mes careſſes a determiné au mariage des Hommes qui l'abhorraient. J'ai fait plûs encore : Des Hommes-mariés ſe ſont plaints chés moi de leurs Femmes, ils m'ont dit leur demeure, ou je les ai fait ſuivre; ét j'ai fait ſavoir à leurs Epouses, par-écrit, la conduite à tenir avec eux, ſans rien deguiser : Sur vingt Hommes de cette eſpèce, il ne m'en éſt revenu que deux; les Autres m'ont oubliée; ét ces Deux, étaient les maris de deux Femmes-coquettes, qui ne ſe ſont pas ſouciées des les captiver. J'ai conſeillé aux Epouses, par écrit, ét ſans me faire connaître, la parure a prendre; la façon de ſe mettre; la couleur, la forme; les diſcours à tenir, les mots à prononcer. Deux Veufs me ſont revenus dernièrement, ét tous-deux m'ont dit : —Je ne vous ai pas revue, à telle époque, parceque j'avais trouvé uné-autre Vous-même dans ma Femme. Ils m'ont detaillé toute la conduite que j'avais conſeillée. J'ai quelquefois rencontré une partie des Autres avec leurs Femmes à la promenade, ét j'ai remarqué, dans leur *mise*, l'effet de mes conſeils. Cela m'a flattée; je jouiſſais du bonheur que je leur procurais. Il ne faut pas regarder cette conduite comme fort genereuse: avec ma manière, cette figure, ces ieux, étlereste, j'ai toujours eu plûs d'Homme, que je ne voulais; il m'en restaitassés, malgré la retraite de ces Derniers; j'eu trouvais autant que j'en perdais: j'aurais été obligée de refûser ma porte.

Vous voyez par-là, qu'avec l'économie dont je me suis fait une loi, je dois avoir amassé. J'ai suffisament pour vivre; ét si j'ai gardé mon état depuis que je suis parvenue à sixmille livres de revenu, c'est que j'y fais reellement quelque bien. Mais enfin, ce n'est pas le tout que de se sacrifier à l'avantage des Autres; il faut penser un-peu à soi-même. J'ai envie de me rapprocher de ma Famille; mais je ne veux le faire qu'avec l'appui d'un Mari. Il me faut un Homme dont je sois bien sûre; qui puisse m'honorer, par son honneur, ét m'apprecier, d'après les sentimens que je viens de vous montrer. Pouvez-vous me trouver un Mari? —Oui, Mademoiselle: je vous dirai plûs; c'est que vous avez élevé dans mon âme un sentiment d'estime: Ce que vous avez fait., moi je viens de l'écrire. Mais vous êtes audessus de l'Ecrivain: Et c'est bien ici le cas de vous appliquer ce qui a été dit autrefois: » Les

» Prostituées seront plûs que vous dans la » maison du Père-des-Hommes ». Vous venez de me ravir. —Hâ! que suis heureuse! (s'écria Eustoquie): Car d'après tout le bien que Pinolet m'a dit de vous, je n'ai pas hesité un instant à vous destiner ma fortune, ét une Femme, qui, à dater de ce moment, sera la plûs fidelle de toutes. Je connais les devoirs des differens états: Une Fille, telle que je l'étais tout-à-l'heure encore, devait se comporter comme je l'ai fait: Mais une Epouse doit être fidelle: Et vous verrez si je manque à mon devoir!.... Ne croyez pas que je veuille vous afficher ét vous exposer! Ici, je ne sortirai jamais avec vous dans les rues, si vous ne l'exigez: Chés mes Parens, on ignore ma conduite, ét il sera necessaire qu'on ne la soupçonne pas. Je serai prudente..... —Je vous écoute, Mademoiselle; mais c'est pour entendre vos dispositions de votre bouche, ét les rendre à Celui que je me propose de vous presenter. —Pourquoi n'est-ce pas vous? Vous venez de me dire que vous m'estimiez? —Je suis marié. —Vous êtes marié!... Mais vous vivez seul... je le sais? —Il est vrai: l'Homme ne fait pas toujours ce qu'il veut, ét ce qui est le plûs conforme à ses principes! La dure necessité souvent change le cours ordinaire des choses. —Marié, vous!.. Mais quelle espèce d'Homme me destinez-vous ? —Un Homme de trente ans, d'un état honnête ; mais pauvre, ét qui malheureusement ne sait pas supporter la pauvreté. Je le connais; il vous adorera, par la raison seule que vous lui aurez donné l'aisance. Mais... est-il necessaire qu'il connaisse quel a été votre état ? Ne serait-il pas plûs agreable pour lui, plûs gracieux pour vous-même qu'il l'ignorât? —Oui, dit Eustoquie, en soupirant : mais je vous aurais preferé... Disposez de mon sort, ét servez moi de Père, de Frère, d'Ami : je m'abandonne à vos conseils-.

Dès ce moment, je songeais au Fils-aîné du vieux Chevalier-de-Saintlouis, frère de Julienne.

En quittant Eustoquie, j'alai chés la Marquise, à laquelle je lus une Juvenale, intitulée, LA FÉE OUROUCOUCOU *.

L'INCENDIE.

La tête remplie de ce que je venais de lire, je marchais, reflechissant aux abus de la faveur, ét jetant les fondemens d'une autre Juvenale, lorsque je me trouvai dans une rue que je ne recon-

* Elle est à la fin d'ORIBEAU, OU LES VEILLÉES DU MARAIS, *chap.* & *it dernier nota.*

nus pas. Je levai la tête, pour m'orienter à la vue des étoiles. Une colonne de fumée ſ'élevait, ét rabattue par le vent, rempliſſait la rue où j'étais. J'avance, ét je vois la fumée ſortir de la maison d'un Epicier de la rue Saintantoine. Je m'écrie, —Au-feu ! au-feu.-! Auſſitôt tout le Voisinage met la tête à la fenêtre ; mais Perſonne ne deſcendait. Je cours au Corps-de-garde : L'Eſcouade ſort, ét ſe rend à la maison : Les Pompiers ſont avertis. Ils arrivent tard, ét la maison brûlait interieurement. Comme tout ſe fait dans ces occasions ! Ainſi que d'Autres, je pourrais louer le zèle, ſi j'avais vu quelque-chose de louable ! mais non; j'ai vu agir machinalement, inſenſiblement, detruire ſans raison, ſecourir gaûchement ; ſ'embarraſſer fort peu du ſalut public ét du ſalut particulier. J'ai vu traiter durement des Gens qui auraient volontiers, ſecouru, ét qui contraints ſ'enfuyaient. J'ai vu l'abus de l'autorité, la deraison exiger l'humanité, toujours ſi active, quand on ne la commande pas. Toutes-les-fois que vous mettez quelque part du Militaire ſubalterne, tout ſe fait mal, ét d'une manière revoltante : On ne ſonge pas aſſés à ce qu'eſt le Peuple, ét que tout eſt pour lui, même dans une Monarchie ; le Souverain eſt le Chef legitime, le

Reünisseur du pouvoir; le Peuple ést la Nation, ét les Grands des exceptions, des Privilegiés, qui lorsqu'ils sont trop nombreux, annoncent comme les Frelons, la destruction de la Ruche... Le feu avait pris dans la cave, où l'on travaillait la nuit, à je ne sai quelle distilation. La boutique était pleine de drogueries ét d'épiceries; tout fut consumé: mais la maison perit seule, à-cause de sa solidité. On acheva de detruire, en la secourant, ce que les flâmes épargnaient. Je n'ai jamais vu faire aussi peu de cas des Particuliers! Les Soldats employés hors de leur Ville, sont feroces; les Hommes employés dans leur Ville même, si elle est grande, sont barbares: D'où-vient l'Homme se denature-t-il si facilement? doit-il, comme l'Arbre, ou comme l'Animal, habiter toujours le sol où il est né? Je le crois: la nature semble l'avoir voulu, puisqu'on empire, dès qu'on change (les exceptions opposées sont rares)! La Patrie n'est donc pas un vain mot! Il est d'autant plus puissant, ce talisman vainqueur, que le territoire est moins étendu. Le moyen de diminuer le patriotisme, est d'étendre les Etats; il se delaye alors, comme une goute d'esprit-de-vin, dans un muid d'eau, ét n'a plus de puissance. Naissons ét mourons sur le terrein de la Patrie, de la Ville, du Bourg ou du Village où nous sommes nés, si nous voulons être heureux ét vertueux: Le Cosmopolite est un monstre; l'Homme qui change de Royaume, est denaturé; Celui qui change de Province l'est un-peu moins; qui ne change que de Ville ou de Bourg, l'est fort-peu; mais Celui même qui ne fait que s'établir à une lieue du sol natal, change pourtant encore en pis: C'est une verité que j'étudie depuis trente ans, ét que tout m'a confirmé... Nos grands Genies, les sublimes... Mais ne nommons Personne, depeur de les facher... Nos grands Moralistes, qui disent de si belles choses sur l'éducation, ne se doutent même pas des principes de cette science: Rousseau lui-méme conseille de faire voyager; il a raison, s'il veut élever un Egoïste, ou un Tyran bien-dur, bien feroce; à chaque pays qu'il voit, l'Homme perd un degré de sensibilité. On sent qu'il faut excepter de cette règle M. Howard. D'où-vient les Anglais sont-ils plûs patriotes que nous? Est-ce à-cause de leur Gouvernement? Leur Gouvernement est l'effet, non la cause: Ils sont patriotes, ét ils ont leur Gouvernement, parcequ'ils sont dans une Ile resserrée: Les

Irlandais, de-même : Les Hollandais, acculés à l'Ocean, ſont patriotes, à-raison de leur ſituation isolée : Ils ont chés eux des Antipatriotes, parceque ces Hommesſont vicieux, ét ne tiennent à rien ; ce ſont des Êtres corrompus, prèts à changer de pays, d'exiſtance ét de maximes. Les Suiſſes ſont patriotes, parcequ'ils ſont isolés ét morcelés : Mais c'eſt une folie à toute Republique, quelle qu'elle ſoit, d'avoir des Sujets...

C'eſt ainſi, qu'après avoir aidé à éteindre le feu, je reflechiſſais, en m'en revenant.

LXXVII NUIT.

L'EPICIER-DROGUISTE.

Le lendemain-ſoir, je n'avais dans la tête que l'Epicier de la veille. Je donnai mon attention aux boutiques de ce genre, en fesant ma tournée. Car j'alai voir M. Du-Hameauneuf, ſa Muette ét la jolie Tante : Delà, je me rendis chés Celle que j'avais rencontrée au coin de la Fontaine Saintlouis : Elle était heureuse entre les mains de la Jeunedame, fille de la Muette, dont on a vu l'hiſtoire : L'Epouse de M. Du-Hameauneuf était fort-bien ; mais c'était une enfant, dont le ſort dependait, comme auparavant, de ſa Tante maternelle.

En traverſant la rue des-Lombards, j'entendis une grande rumeur, dans une boutique d'Epicier. Je crus que c'était encore le feu. Non : un Medecin, qui preſcrivait tous les ans à une Dame une purgation avec du ſel de Sedlits, en avait augmenté la dose. La Dame avait envoyé chés l'Apotiquaire, qui avait donné conformement à l'ordonnance : Quelque-temps après, cette Femme voulut encore ſe purger ; elle demanda une ordonnance ; ſon Medecin la lui donna, ét la Dame mecontente d'un memoire d'Apotiquaire, envoya cette fois chés l'Epicier-droguiſte. Le Garſon de Celui-ci prit la marque du ſel de Sedlits, pour le caractère chimique du ſel de nître. En-conſequence ce fut en nître qu'il donna la dose : ces deux ſels ſe reſſemblent, pour des Perſonnes qui ne ſont pas de l'art medical. La Dame prit le ſel, ét elle fut empoisonnée. Le Medecin, averti de ce malheur, accourt : Il ne pouvait concevoir que le ſel qu'il avait preſcrit pût empoisonner : Il ſoupçonna un quiproquo ; il renvoya, avec la même ordonnance ; on ſ'adreſſa au même Garſon, qui donna du même ſel que la première-fois. C'était du nître, qui empoisonne à une certaine dose. L'Epicier fut aſſailli par toutes les Personnes instruites de ce quiproquo. Mais ce n'est pas à cet Homme qu'il falait s'en prendre ; c'est aux Magistrats, qui, en vertu de statuts folement homologués, permettent à des Ignorans d'empoisonner les Citoyens. En 1754 ou 55, un savant Apotiquaire d'Aucerre, nommé Lebegue, perdit un procès, ét fut ruiné, pour avoir voulu empêcher des Epiciers brutes, d'empoisonner la Ville, ét ces Brutes furent confirmés dans leurs mortifères prerogatives, par arrêt du Parlement, qui par-là, depuis cette époque, a empoisonné plus de 50 Personnes, tant de la Ville, que de la Campagne. Le Genre humain est quelquefois si deraisonnable, qu'on rougit d'en être. On confond épiceries avec drogueries, ét l'on permet que l'Epicier, vende des poisons comme de la canelle : C'est une horreur ! Et les Juges brûlent les Empoisonneurs, auxquels ils ont donné toutes les facilités possibles pour empoisonner ! L'Apotiquaire doit être un Homme instruit ; son état est important, plus scabreux que celui du Medecin ; il tient dans sa main l'instrument de la vie ou de la mort. S'il était de mauvaise-foi, il pourrait empoisonner, sans qu'on pût ensuite l'en convaincre. Je finis... Mais aussi, quels sont les Gens qui envoient chés un Epicier!... Il est vrai qu'un Domestique peut y aler à notre insu, pour avoir quelques sous de meilleur-marché... Je criai *tolle* sur l'Epicier, plûs fort que les Autres; je voulais qu'il fut puni. Mais il ne le fut pas, en vertu de son statut homologué: Le Commissaire, devant lequel il fut conduit, le renvoya sous l'escorte de la Garde, qui eut ordre d'écarter les Assaillans: Je restai dans l'étude, ét je dis au Commissaire: —Si demain il vous empoisonnait? —J'y prendrai-garde. —Oui, vous homme éclairé: mais l'Ignorant?... —C'est la loi. —Si on lâchait des Vipères dans votre chambre-à-coucher, en vous disant, que vous en serez quitte, pour visiter votre lit, avant de vous y mettre? Si on plaçait de l'eau-forte ou de l'arsenic sur votre table, en comptant sur l'attention que vous aurez d'examiner avant de boire?.. Adieu.. Je sortis indigné.

Je courus exhaler ma douleur chés la Marquise, qui fremit, ainsi que moi. Elle ala plûs loin; elle desirait qu'on interdît aux Epiciers de tenir du poison: Ils peuvent se tromper; ét ce qui nourrit, ou assaisonne la nourriture, ne doit pas se trouver à-côté de ce qui donne la mort. A cette occasion, la Femme-de-chambre nous raconta que deux jours auparavant, un Charretier était mort empoisonné, par un morceau de fromage, posé par megarde ſur du poison, chés l'Epicier.

Je lus à la Marquise une Juvenale intitulée, LA POLITIQUE *.

L'HOMME AUX LAPINS.

Les évenemens qui ſe ſuivent, ne ſe reſſemblent guère! Je pris par la rue des Francs-bourgeois, qui me conduiſit dans la Vieille-rue-du-temple, d'où je parvins dans celle de la-Verrerie: Je voulais revoir la boutique du coupable Epicier, ſavoir ſi la Femme était morte, ét faire connaître cet Empoisonneur. Mais auparavant, je rencontrai, vis-à-vis la rue des-Billettes, un Vieillard, avec un ſac, qui ramaſſait toutes les épluchures d'herbes jetées au coin des bornes: Il prenait-garde qu'elle ne fuſſent ſalies; car alors il les rebutait: —Monſieur (lui dis-je), que faites-vous de ces herbes? Je vais vous aider-. Et je me baiſſai, pour choiſir les feuilles de laitue les plus belles, ét la fourniture de ſalade, que la pareſſe fait jeter, deſorte que la culture du

* Cette JUVENALE ſe trouve dans LE PAYSAN-PAYSANE PERVERTIS, Tom. IV.me p. 121.

cerfeuil, étlereste, est presque vaine. Le Vieillard me repondit: —Monsieur, je suis vieux: Il ne m'est plus possible de travailler de mon metier de compagnon charpentier. J'aurais-pu, comme d'Autres, m'abandonner à la fainéantise, être à charge au Public dans les hôpitaux, ou mendier, avec un certificat. Mais auparavant, j'ai voulu essayer toutes les ressources qui me restaient: J'en ai tenté quelques-unes: Gratter les ruisseaux; cela ne vaut rien; ce n'est pas un état: Ramasser des chifons; cela est trop sale, ét peu lucratif: Les bouteilles cassées ont leur Gens, qui entendent cette partie: Enfin, un-jour parhasard, j'alai dans une maison où je vis de Lapins dans un grenier: Je sentis qu'on pouvait tirer parti de cet Animal, en étendant l'idée. Je suis logé par bas, rue de-l'Oursine, à-côté d'un jardin; la salle est grande: j'y ai fait une espèce d'alcove pour moi avec des planches de bateau, que j'ai obtenues de mon ancien Maître, ét j'ai mis des Lapins dans le reste. On m'en a donné de Petits; j'ai acheté un Père ét une Mère; j'ai fait des cases pour ceux qui doivent être retenus, ét qui tueraient les Petits, comme les gros Males ét les Femelles qui alaitent; J'ai multiplié mon troupeau, pendant plusieurs moisſans y toucher; j'en ai à-present troiscents en rapport; ce qui me met à même d'en vendre tous les jours. Je ſuis content : Cela m'occupe, m'amuse ét me nourrit. J'entens à gouverner ces petits Animaux-là; je les tiens propres; je vens l'engrais qu'ils fourniſſent au Maître du jardin, pour des herbes, du foin ét de la pâille, outre quelqu'argent : J'obſerve un regime pour ceux à vendre, qui les rend égaux aux lapins-de-garenne; c'eſt que pendant quinze jours, je ne les nourris que de foin odoriferant, aulieu d'herbes vertes ét de choux : Je reserve ce dernier aliment pour les Mères qui alaitent, ét pour mes vieux Màles, que je renouvelle tous les quatre ans : car je les engraiſſe à cet âge, ét je les tue. Depuis que je ſuis monté comme il faut, je retire un écu par-jour de profit net de ma petite menagèrie, outre le contentement; car vous ne ſauriez croire combien cela me fesait de mal-au-cœur de voir tant de bonnes herbes perdues! Cependant la honte m'empêche de les ramaſſer le jour: Dailleurs, ayant voulu le faire une fois, en traverſant l'Ile-Saintlouis, les Enfans ſe mirent à crier après moi. Jai pris le parti de faire du jour la nuit, ét de la nuit le jour : je ſors deux ou trois-fois avec mon ſac ; j'épuise les herbes de mon quartier dabord ; enſuite je vais au-loin, parceque je choisis ce qu'il y a de meilleur: Je fais ſecher de l'herbe dans les alées du jardin, pour l'hiver ; je ſerre tout cela dans une eſpèce de ſoupente, que j'ai fabriquée audeſſus de ma tête. Je ſuis heureux enfin, ét j'en ſuis venu à ce point, que mon exiſtance m'eſt precieuse.. Hâ! ſi j'avais eu plutôt cette reſſource !... Voulez-vous voir mon petit royaume ? J'y conſentis, ét j'arrivai chés le Vieillard à trois-heures-ét-demie.

Tout était d'une extrême propreté. Dès qu'il parut, tous ſes Sujets libres accoururent à lui, ét les autres paſſèrent leurs têtes par les trous de leurs épinettes. Il diſtribua la nourriture fraîche, ét en mit une partie ſécher, ſuivant ſon usage. Je vis ſon grenier. Les differentes familles bien ordonnées de ſes lapins, dont quelques-unes étaient blanches-angora. —Celles-ci, me dit-il, ſont pour la curiosité; je les vens plûs chèr. Les familles grises, ſont pour les Rôtiſſeurs; ce ſont elles que je multiplie davantage ; je ne garde aucun Mâle ni Femelle blancs pour porter-. J'admirai l'induſtrie de cet honnête Vieillard, ét je penſai, avec quelque conſolation, qu'il venait de m'indiquer une reſſource innocente pour l'âge de la caducité, ſi j'y parvenais.

LXXVIII NUIT.

SUITE DE LA MUETTE.

Je ne ſuivais pas autant, que je l'aurais voulu moi-même, mes anciennes Connaiſſances: ſans-ceſſe emporté par les évènemens nouveaux, je me laiſſais entraîner au fleuve du temps, ſans preſque jamais le remonter: A ma ſortie, je trouvai l'Original Du-Hameauneuf à ma porte. —Je ſuis le plûs heureux des hommes! (me dit-il): Ma petite Femme eſt charmante, ét d'une douceur! Cela ne dit mot!... (il oubliait qu'elle était muette; ét veritablement, il ne ſ'en ferait jamais aperçu, ſi on ne le lui avait pas dit). Ma jolie-Tante eſt d'un activité, d'une prudence!... Hô! comme elle eſt entendue! Je n'avais pas dequoi vivre garſon; elle va me donner du ſurperflu marié-!... Je ſortais tout en l'écoutant; les Bavards me ſont quelquefois très-commodes, ils me diſpenſent de parler. Lorſque nous fumes ſur la porte, nous ne pouvions ſortir, à-cauſe de l'embarras des voitures, qui venaient du quartier Saintjacques, pour aler dans le Marais par le Pont-de-la-Tournelle: —Quand je vois une Ville bien-pavée, (ſ'écria l'Original), des Gardes, des carrosses, avec leurs gros Chevaux ét leurs grands Laquais; des Marchands-de-bijous ét d'étofes-de-soie; des Acteurs, des Chanteurs, des Musiciens, des Peintres, des Sculpteurs, de jolis Poètes-fugitifs, de beaux édifices, des palais, de vastes jardins, des Catins somptueuses, des temples, une foule de Ministres, des Procureurs, des Avocats, des Medecins engraissés, je ne m'écrie pas, O l'opulente Nation!... Mais, Combien le pauvre Peuple doit étre ici miserable! combien il doit travailler!... Chés les Othomacos, vertueuse Peuplade de l'Amerique, sur les bords de l'Orenoque, tout-le-monde, sans exception, joue ét se repose l'après-midi, parceque tout-le-monde, sans exception, a travaillé le matin à la culture commune. —Admirable! (lui dis-je); vous avez quelque-fois du bon-sens, ét point d'esprit, ét plus souvent de l'esprit, sans raison-! Il me sauta au cou, pour me remercier du compliment le plûs flateur, qu'il eût reçu de sa vie, ét pour m'en temoigner sa reconnaissance, il me quitta.

LE COMMISSIONAIRE DE LUI-MÊME*.

Je pris la rue des-Noyers; je passai

---

* Ce trait se trouve, mais deguisé, dans le PAYSAN-PAYSANE, T. III.me, p. 393.

derrière Saintandré, par celle des Poitevins, que le Mercure ét Panckouke viennent de rendre celèbre, je traversai le Pont-Henri, ét je me trouvai dans la rue de l'Arbre-sec. J'aimais cette route, qui me conduisait à la feïque rue Saint-honoré. Aumilieu de la première, j'aperçus, dans une alée vis-à-vis la boutique d'une belle Marchande, une Homme, qui examinait la Dame, ét qui paraissait guetter l'occasion. Elle arriva sans-doute, dès que la Belle fut seule. Aussiôt l'espèce de Commissionnaire s'avance, une lettre à la main, entre dans la boutique, ét la presente. La Marchande la reçoit, decachete, ét lit. La surprise parut dabord; ensuite elle sourit; enfin, elle rit aux éclats. Le Commissionnaire cependant était assis sur un tabouret au coin de la porte. On ne fit aucune reponse: On le renvoya. Lorsqu'il fut à deux pas de la boutique, je l'abordai:

—Mon Camarade, vous venez de faire une commission qui n'a pas eu le succès que vous en attendiéz; car vous n'avez pas eu de reponse? —Si, si. —Comment, si? —J'ai la reponse. —Je ne l'ai pas vu donner! —Je l'ai reçue; je l'ai entendue-. Tandis que l'Homme me parlait, je l'examinais, ét je le reconnaissais, pour... un Mousquetaire de la rue-du Bac: Il était en souliers ferrés, en veste d'Auvergnat. Je ne fis semblant de rien. —Vous me paraissez intelligent, mon Camarade ! (repris-je). —Si je le suis !... Mais adieu : Je vais rendre reponse-. Il entra dans une maison de la rue Sainthonoré, dont il sortit un quart-d'heure après, avec ses habits ordinaires. —Nous verrons ce que cela deviendra (pensai-je).

J'alai chés la Marquise, à laquelle je racontai les traits precedens, qu'elle ignorait; ensuite je lus une Juvenale, intitulée LES TAPAGEURS *.

SUITE DU COMMISSIONNAIRE.

Je repassai par la rue de l'Arbresec, à mon retour, ét je ne fus pas excessivement étonné d'y retrouver le Mousquetaire. Il sortait de chés la belle Marchande. Je reflechis: —S'il entrait, il ne faudrait pas l'aborder : mais il sort, il est français; il a besoin de parler; il me recevra bien-. Je me montrai. —Hâ! l'Ami! vous voila! —Oui. —D'où venez-vous ? —De chés une Jolie-femme. —Ma-foi, moi aussi. —Je le sais. —Qui êtes-vous ? —Le Hibou. —Et moi le Chathuant ; je fais ma chasse la nuit. —Vous étiez tantôt votre com-

* Dans le PAYSAN-PAYSANE, T. IV, p. 136.

missionnaire à vous-même ? —Chut!... Oui; cela estplùs sûr: si j'avais envoyé, j'en serais encore aux esperances : je suis venu moi-même, ét j'ai tout vu : Le Mari est absent... (Ici l'Etourdi éclata-de-rire, avec si peu de moderation, que j'en fus surpris!) Je lui en demandai la raison ? —C'est une idée qui me vient !.. Il serait plaisant (il rit encore, sans pouvoir parler); il serait plaisant.. que vous fussiez... que vous fussiez le Mari... —Si cela était ? —Mais, Monsieur, la situation serait excellente, ét digne de Molière... —Votre Molière ét vous, vous êtes deux impertinens! —Hâ! impayable! impayable! (s'écria l'Etourdi)... Ecoutez donc! n'alez pas maltraiter votre Femme, aumoins!... Ce n'est pas elle... enverité!... ce n'est pas elle... c'est votre Fille-de-boutique... Hâ-hâ-hâ-!...

Je le quittai, en voyant la porte de l'alée entr'ouverte, ét j'y penetrai, persuadé, que je n'avais rien à craindre. Parvenu au premier, je gratai à la porte. On vint m'ouvrir, en me disant : —Que voulez-vous ? Je suis ferme dans mes principes, ét rien ne m'en fera departir: ma Fille-de-boutique est dans mon lit; elle ne me quittera pas... Croyez vous que tantôt je ne vous aie pas reconnu ?

Alez, alez, mon chèr Gallerange, deprenez-vous, si vous étes épris, ét sachez que les Femmes ne sont pas assés dupes, pour perdre leur honnêteté, leur honneur, ét comprometre celui de leur Mari, pour des Papillons tels que Vous-. Je lui baisai la main, sans lui repondre. Elle pressa la mienne. Je fus au-fait. Mais je voulais la convaincre. —Un moment! (lui dis-je tout bas)! —Feignez donc de sortir-! (repondit-elle). Je le fis. Elle ferma la porte, ét rentra, en disant: —Il est parti-. Je lui tenais la main. Jamais situation ne fut plûs extraordinaire! Je m'assis au chevet de son lit, lui tenant la main, ét je restai dans cette attitude; ce qui ne la surprit pas. La Fille-de-boutique était dans le lit-jumeau: Elle s'endormit. Ce fut-alors que la Belle... Je me decouvris sans menagement. Sa frayeur fut extrême. On me pria de sortir sans bruit. Je ne demandais pas mieux, ne voulant pas être connu. Mais à la porte, je menaçai de tout dire au Mari, si l'on recevait encore le Mousquetaire. Je partis.

Aumilieu de l'escalier, je me sentis saisir au collet. Je presumai que c'était le Mousquetaire. Je donnai une saccade, ét je me degageai; puis je me tins dans un angle. On courut ouvrir la porte. Je vis alors, à la lueur du reverbere, que c'était un Jeunehomme. Il regarda dans la rue, ét remonta, laissant la porte ouverte. Lorsqu'il m'eut depassé, je me glissai doucement dans l'alée, puis m'élançant comme un trait, je sortis. En quelques enjambées, j'étais deja fort loin! Je pris par la petite rue Bailleul, ét je m'esquivai.

LXXIX NUIT.

SUITE DU COMMISSIONNAIRE.

A neuf heures, j'étais dans la rue de l'Arbre-sec, vis-à-vis la boutique de la belle Marchande. Je la vis dans le comptoir, mais un-peu triste; son Mari était dans la salle du fond. Mais ce qui m'étonna, ce fut de voir le Commissionnaire de la veille apporter une lettre!.. La Dame la prit, la lut, puis appela son Mari; qui donna les marchandises qu'on demandait, ét en reçut le montant. J'entrevis que pendant ce temps-là, on glissait un billet à la Dame, laquelle le serra. Un instant après le Mari étant sorti, la Dame sortit aussi, avec son Domestique, qui lui donna le bras. Elle entra dans la maison où le Mousquetaire s'était habillé la veille, ét monta au second. Le Domestique fut laissé à la porte de l'alée. Je passai neanmoins: J'entendis la Dame entrer, ét je me tins dans l'escalier du troisième. J'avançai la tête, ét par l'intervale que laissaient deux rideaux, j'entrevis la belle Marchande, qui parlait au Mousquetaire fort vivement. Il y eut sans-doute une explication, dont je n'entendis qu'un mot, par lequel je compris, que la Marchande croyait, ou voulait persuader, ou laissait croire au Mousquetaire, que j'étais son mari. Ils se quittèrent aubout d'un quart-d'heure, ét la Belle s'en retourna chés elle, où elle arriva longtemps avant que le Bijoutier rentrât. J'attendis son retour. Je ne vis aucune émotion, ét je m'éloignai.

A vingt pas de cette maison, je rencontrai le Mousquetaire face-à-face. Il me regarda, me sourit, ét continua son chemin. Je l'observai, en me cachant dans une alée. Il marqua la plûs grande surprise, en voyant le Mari. Enfin, il entra, ét parut marchander quelque-chose. La Dame était rouge, ét paraissait decontenancée. Il sortit. J'hesitais à me presenter devant lui. Je le fis neanmoins. —Monsieur, me dit-il, il, étes-vous le Mari? —Non. —Pourquoi donc hier? —Je ne vous ai pas dit, que je fusse le Mari, mais le Hibou. —Est-ce vous qui êtes entré à ma place? —C'est moi-même. —Hé! pourquoi? —Pour me convaincre. —Dans quelle vue? —D'empécher le desordre, le crime. —Vous étes un puriste? —Non, mais je suis un moraliste. —Vous meriteriez... —Ne menacez pas! —Que ferais-tu? —Je vous montrerais que la menace m'irrite, ét qu'il n'est pas prudent de m'irriter–. Il tira une épée de sa canne. —Lâche! (m'écriai-je) en me jetant à lui, tu portes une arme perfide–! Je vis alors qu'il avait de l'honneur. Il convint qu'il ne devait pas employer cette arme contre-moi, ét me donna rendevous. —Depuis deux heures, lui dis-je, Impasse de l'Oratoire–.

J'alai chés la Marquise à laquelle je n'avais pas encore tenu ma parole, ét je pris jour au lendemain, pour lui amener le jeune D'Aubesilve. Je lus la Juvenale intitulée LA MORT*. Je la previns ensuite sur le mariage d'Eustoquie, en lui demandant son avis. Elle fut très-embarrassée, ét me dit de suivre mon inspira-

* PAYSAN-PAYSANE, T. II, p. 485.

tion; mais qu'elle ne pouvait-avoir un ſentiment dans une pareille occurrence. Je me tus, au ſujet du duel accepté, et je demandai une épée en ſortant. J'avais mon projet.

SUITE: LE DUEL MANQUÉ.

Je me rendis dans l'Impaſſe de l'Oratoire (aujourdhui rue), lieu convenu. Le Jeunehomme m'y attendait. —Nous alons donc nous battre, Monſieur? —Oui, certainement. —Soit. Et ſi vous êtes tué! —Tantpis! —La belle mort, pour un Gentilhomme! —Les reflexions ſont inutiles. —Si je veux en faire, moi! —Elles ſont la marque de la pusillanimité. —Pauvre homme! tu crains ſi fort la mort, que tu n'oses l'envisager! —Tu joins l'inſulte à la poltronerie! —Tu joins la colère à la temerité! tu vas perir! —Soit: mais depêchons. —Avez-vous un Père, une Mère? —Il n'eſt pas queſtion de cela? —Si; je veux avant de me battre, de les priver d'un Fils, leur conſentement? Vous n'étes pas le maître de vous-méme; vous àppartenez à votre Famille, à votre nom, a votre rang dans la ſociété: Il me faut un aveu par écrit. Remettons le combat: Vous viendrez, quand vous l'aurez-. Tout en parlant ainſi, je quittais mon Homme. Il était hors de lui, ét je vis le moment, où il alait... Je fis un demi-tour, ét me jetant fur lui, je le desarmai. Je courus enfuite au Corps-de garde de la barrière des-Sergens, où je deposai les deux épées. Mon Homme n'osa pas m'y fuivre. Je le rejoignis. Il m'accâbla d'injures. Je le perfifflai : Je lui dis plûs ferieusement, que le duel était une infamie, une puérilité, une niaiserie, à laquelle lui ét fes Pareils mettaient de l'importance par bêtise, par une brutale ftupidité. Il voulait me devorer. Je le desolai ; je le portai à toutes les petiteffes de la fureur : Il fut prêt de faire le coup-de-poing. Je lui ris au néz. Il leva le bras. J'étais le plûs fort ; mais je ne fis usage que de mon agilité. Je le mis hors d'haleine ; ét lorfque je fus las moi-même, je lui jurai, que j'imprimerais le recit de cette fcène ridicule. Sa rage fut alors à l'excès. Je le laiffai malgré lui, puifqu'il ne put me fuivre.

LXXX NUIT.

SUITE DE LA PELISSE-BLEUE.

En fortant, je me rendis chés le Jeune D'Aubefilve, qui, depuis la mort de fon Père, demeurait avec fa Sœur, non encore mariée, ét son jeune Frère. —Il se presente un établissement pour vous, lui dis-je: mais avant que de vous rien decouvrir, je vous demande là permission de conferer avec votre Sœur en particulier-. Je passai, avec Julienne, dans un cabinet, ét là, je lui decouvris ce qu'était Eustoquie, sans lui rien deguiser. Elle pensa comme moi, qu'il falait en faire un mystère à son Frère. Ce point arrêté, aubout d'un quart-d'heure d'entretien, je revins trouver D'Aubesilve, ét je lui proposai de venir avec moi chés la Dame, dont j'avais parlé. Il y consentit.

Nous arrivames chés Eustoquie sur les neuf heures. Elle était prevenue: Elle nous reçut decemment, ét donna très-bonne opinion d'elle à D'Aubesilve. Nous causames: dans la conversation, elle exposa ses avantages, ét ils frappèrent si vivement un Jeunehomme qui s'était vu longtemps dans la misère, qu'il parut transporté-de-joie. Il plut à Eustoquie; elle me le fit entendre. Nous ne restames qu'environ une heure, ét nous sortimes ensemble. En nous en retournant, le Jeunehomme m'exprima toute sa reconnaissance. J'écoutais froidement ce qu'il me disait. —Comment avez-vous pu me trouver un ſi bel avantage ? me demanda-t-il. —Il m'avait été proposé pour moi; vous ſavez que je ne ſaurais l'accepter. —Il eſt vrai ! Comment cela eſt-il venu ? —Par un petit ſervice rendu à la Jeune-dame. —Hâ ! il eſt donc bien vrai, que jamais une bonne-action ne reſte ſans recompenſe ! Mais c'eſt moi qui proſiterai de la vôtre : Comment vous en marquerai-je ma gratitude ? —En rendant heureuse la Perſonne ; en l'étant vous-même : C'eſt une Femme que j'eſtime ; n'oubliez jamais ce mot ! audelà toute expreſſion. —Je l'eſtimerai, par cette raison ſeule-. Nous arrivames. Le Jeunehomme ſ'étendit ſur les louanges de ſa Future : La Sœur me regardait, ét dans un moment favorable, elle me dit : —Elle eſt donc aimable, ét jeune encore ? —Elle eſt très-bien : Il faut la voir, Mademoiselle, avant le mariage, ſonder ſes diſpositions, ét vous aſſurer qu'elle rendra votre Frère heureux-? Madem. D'Aubeſilve y conſentit, ét nous ne remimes qu'au lendemain.

J'alai chés la Marquise, à laquelle je lus une Juvenale intitulée, La SUPERSTITION *.

* Dans les FRANÇAISES, II Vol. p. 65.

LA TÊTE FAIBLE.

Je partis, ét comme je ne me ſentais pas appesanti par le ſommeil, je voulus alonger le chemin: Je montai la rue Saintjacques; je pris celle des Grecs, ét je me trouvai ſur le haut de la Montagne: Un ſilence profond règnait partout: Je m'arrètai un-inſtant à regarder le Ciel: Sirius, le brillant Sirius alait ſe coucher; on ne diſtinguait plus Orion; le Bouvier declinaït; l'Ourſe était audeſſous du pôle, ét Caſſiopée au zenith: Dans ce moment de tranquilité, une voix ſourde frappe mon oreille; j'entens des cris inarticulés, ſemblables aux heurlemens: je cours du-côté de Saintétienne; les ſons ſ'éclairciſſent: C'eſt un Homme du peuple! —*Je ſouis danna! je ſouis danna-!* Je m'approche de cet Infortuné, que je reconnus à ſon langage pour un Auvergnat... —Malheureux! qu'avez-vous? D'où-vient cette chaîne... cet air effrayant! —*Je ſouis danna!* mon Confeſſour me l'a dit. —Il vous a dit auſſi, que Dieu était miſericordieux! Quel que ſoit le crime que vous avez commis, avec le repentir, le changement, des efforts pour reparer le mal, il eſt remiſſible. —*Quoi qu'o ſa!* —Oui, croyez-moi. —Bon Paire! (avec ma redingote, ét le reste de mon arrangement, on me prend souvent, surtout le soir, pour un Prêtre des Missions étrangères): —*Bon-Paire! ç'ast-il vrai?* —Oui, vrai, vrai, comme Dieu-même, qui l'assure, dans les Ecritures-sacrées, ét particulièrement dans le saint Profète Isaïe. —*Voulez-vous me confessa?* —Je le pourrais, puisque l'Apôtre nous dit: *Confessez-vous les uns aux autres*; mais cela n'est pas necessaire... Cependant le Bonhomme me dit son peché. Il était grand en-effet, ét de nature à ne pouvoir le faire entendre ici: mais il ne fesait-tort à Personne; pas même à sa Femme, alors enceinte, qui en avait été l'objet. Je le consolai; je le rassurai, en l'engageant neanmoins au repentir: je le remenai chés lui. Le matin, j'alai trouver le jeune Moine confesseur, pour lui faire des representations, qu'il reçut mieux que je ne m'y étais attendu: Il me promit d'achever de remettre la tête à ce pauvre Homme.

LXXXI NUIT.

L'Homme-aux-cheveux-plats.

Ma journée fut employée au travail, comme à-l'ordinaire: Le soir, j'eus une nouvelle scène de fanatisme. A dix heures, en passant devant la porte du Commissaire de la Place voisine de ma demeure, j'y vis la Foule rassemblée. Je m'informai. Des Femmes du Peuple me repondirent, Que c'était un Blassemateur de la Vierge. Je crus devoir entrer dans l'étude. J'y trouvai seul, avec le Clerc, un Homme à-cheveux-plats, tranquilement assis. Je leur demandai, Ce que c'était que le Blassemateur? —C'est Monsieur (me dit le Clerc), qui reste ici, jusqu'à ce que la Populace soit écoulée. —Expliquez-moi, je vous en prie, Monsieur, dis-je à l'Homme-aux-cheveux jansenistes, pourquoi vous êtes accusé de blasfème? —Croyez, Monsieur (repondit l'Homme), que je n'ai point blasfèmé: Voici le fait: Je passais par la rue Saintvictor: au-coin de celle du-Murier, étaient trois Femmes, qui causaient, en paraissant consoler Une d'entr'elles: La Plûs-âgée lui disait: —Adressez-vous à la bonne Saintevierge; elle vous entendra: c'est mon recours à moi: la bonne Vierge n'est-elle pas partout-? J'ai cru devoir relever cette expression, dans la bouche d'une Femme pieuse, ét qui meritait d'être éclairée: —Vous dites une heresie, ma Bonne: c'est Dieu seul qui est partout-. Les trois Femmes m'ont regardé un-instant en silence; ét je me preparais à leur expliquer les vrais principes, quand la Vieille qui avait parlé, s'est écriée : —Ha! l'Athée! l'Huguenot! qui dit que la Bonne-Saintevierge n'est pas partont-! Ce mot m'a fait entourer par une Populace sortie en un-instant des maisons ; on s'est jeté sur moi : j'ai demandé le secours de la Garde, ét à venir devant M. le Commissaire-.

Je souris : —Monsieur, dis-je au Bonhomme, vous avez commis une haute imprudence! on ne doit attaquer les prejugés du Peuple qu'avec ménagement, ét lorsqu'ils sont reellement nuisibles : celui-ci ne l'est pas, quoique ce soit reellement une erreur. —Quoi! Monsieur, vous voulez qu'un vrai Chretien voie l'erreur, sans la combattre! —Oui, quelquefois. —Vous laisseriez subsister une erreur ? —Pourquoi pas! —C'est la morale des Jesuites toute-pure. —Les Jesuites peuvent avoir eu des torts ; mais ce n'étaient pas des Sots. —Vous étes un Molinifte, Monsieur! —Non, Monsieur. —Hâ! vous étes donc... des Honnêtes-gens. —Mais je le crois. —Vous êtes bien mitigé! —Hô! oui, très-mitigé, Monsieur! on ne saurait trop l'étre-. A ce mot, le Bonhomme se recueillit, s'assit (car il s'était levé en parlant), ét ne me dit plus rien: Ce mot, mitigé, l'avait ſcandalisé. J'alai voir ſi la Populace ſe diſſipait. Je ne vis plus qu'une dixaine de Perſonnes. Et comme je connaiſſais le Commiſſaire, je pris ſur moi, de dire à la Garde de faire entrer ces Curieux. A ce mot, tous ſe retirèrent, ét je rentrai, pour inviter le Janſeniſte à ſortir. Ce qu'il fit. Je l'accompagnai juſqu'audelà de la fatale rue du-Murier, avant de prendre congé de lui. Sa froideur fut extrême: j'étais mitigé. Je conclus de ſa conduite, qu'il ſe trouvait dans tous les Partis des Sots, qui outrent les choses, ét qui ſont cause de tout le mal.

En quittant l'Homme-aux-cheveux-plats, j'alai chés Julienne, que je menai voir Euſtoquie: Elles ſe plurent beaucoup! Delà, je me rendis chés la Marquise, à laquelle je lus une Juvenale, intitulée les AUTEURS: (*Voy.* les *Françises*, *II. Volume*, *p.* 152).

LE MISANTHROPE.

En ſortant de chés la Marquise, je trouvai un Homme, qui marchait en parlant ſeul: Il maudiſſait les Hommes: —Eſpèce humaine! (ſ'écriait-il), que je t'abhorre!... O vils Citoyens de ce repaire immonde-... Je m'approchai: —Monſieur (lui dis-je), plaignez les

Hommes, mais ne les maudiſſez pas! —Moi, ne pas les maudire! hô! je les maudirai, tant que j'aurai un ſouffle-de-vie! Tout en eux excite ma colère, ma fureur!... Voyez ce Riche tyran, cet Homme en place, infame oppreſſeur! De quel droit ſ'eſt-il emparé de la ſubſiſtance de mille Hommes! mais que dis-je de la ſubſiſtance? de l'exiſtance de ces Malheureux, dont-il diſpose à ſa volonté, comme ſi c'étaient des bêtes-de-ſomme! Voyez ſa morgue? Il ſe croit d'une autre nature, le vil oppreſſeur! Voyez ſon égoïſme ridicule ét barbare! mais le ridicule eſt ſauvé, parcequ'il a pour lui tous-ceux qui peuvent rire: Car pour rire, il faut avoir le neceſſaire. Qu'on ne me parle pas de la joie du Peuple! C'eſt la joie des Tigres qui ſe dechirent. On les voit rire aux-Guinguettes (dit-on)? Moi je ne les ai vus que gronder ét ſe battre. —Vous pouvez avoir raison: le Peuple ne rit pas, dans les Villes, parcequ'il eſt-accâblé ſous le poids du luxe: Il ne rit pas dans les campagnes, parcequ'il eſt haraſſé de travail. Quelques Sans-ſoucis, fort rares, rient par caractère, ét on dit que c'eſt le Peuple qui rit. —Hâ! voila donc ûn Homme de mon ſentiment!... Que je hais les Grands ét les Riches! Oui, la plûs belle de leurs Filles serait-là, elle me demanderait un regard, un sourire, que je ne lui repondrais que par les marques d'un mepris outré; je lui cracherais au visage. —Vous êtes exalté! —Je suis irrité. —Hé! que vous a-t-on fait? —On m'a indigné. —Faut-il que l'amour du Pauvre, vous rende injuste envers le Riche!... —L'amour du Pauvre! l'amour du Lâche! Je le deteste cent-fois plûs que les Grands ét les Riches!... J'aimerais des Infames, qui ont degradé l'Humanité, qui la mettent audessous des Animaux, par leur bassesse, par leur crapuleux plaisirs, par leur servilité!... Les Pauvres! Je suis de fer pour eux... Je voudrais les voir tous reünis dans leur Hôtel-dieu pestiferé, mourir lâchement, ét sans oser se plaindre... Les Pauvres! hâ! ce mot me met en fureur-... En-effet, il écumait de rage. En ce moment, nous rencontrames un Homme chargé qui alait à la Halle, tombé sous son fardeau. Le Misanthrope accourt; je lui aide, nous relevons l'Homme-de-peine; le Misanthrope s'informe, s'il n'est pas blessé. Il lui donne un écu, ét se charge de la moitié de son fardeau. Je me jete à son col, ét l'embrasse. Il me repousse, en me disant : —C'eſt une faibleſſe ! c'eſt une faibleſſe.... Hô ! les Ingrats ! je les ai tant aimés-! Et ſes larmes coulèrent. Arrivés à la Hâlle, nous laiſſames l'Homme, ét nous revinmes enſemble. Le Miſanthrope était concentré : Il ne disait mot. Deux Dames brillantes, ſuivies de leurs Gens, revenaient de ſouper en ville. Quatre Libertins, qui ſortaient d'une Academie les inſultèrent. Le Miſanthrope me quitte, ſ'élance au-milieu des Libertins, les écarte ſeul, les met en fuite. Les Dames le remercient : Deux Laquais tremblans, ét qui n'avaient osé remuer, le regardaient comme un Dieu. Il ſe retire en grondant. —Pourquoi des Academies, pour les Filous, ét les Malhonnêtes-gens ?.. —Hà ! Monſieur ! vous avez bien raison ! —Pourquoi ne pas être à present chés vous ? eſt-cela une heure à rentrer, pour des Femmes !... (aux Laquais) ! Et vous lâches ? vous ne vous êtes pas fait hâcher pour vos Maîtreſſes-! Il gronda tout le monde. —Eſcortons ces Dames ! (lui dis-je). —Vous avez raison ! mais d'un-peu loin-. Elles étaient à leur porte. Dès qu'elle fut ouverte, il ſe retira.

—Qu'avez vous (lui dis-je) : Vous êtes bon : mais vous êtes irrité. —L'Univers n'a pas le ſens-commun: On eſt fou en France, en Angleterre, en Eſpagne, en Italie, en Allemagne, en Hollande; nos loix ſont des abſurdités; nos usages de la deraison; nos coutumes, de la bisarrerie: notre religion ét nos loix ſe contrarient; nos Chefs bravent la loi; nos Miniſtres-des autels ſont des athées; le Gouvernement ſoutient le culte, ét le renverſe, en tolerant, en approuvant des choses qui lui ſont opposées! puis, comme un Enfant, il va ſ'en prendre à quelque Philosophes obſcurs, qu'il fouette, comme on châtie l'Emule pauvre, pour les fautes de l'Enfant-gâté, auquel on l'a ſubordonné. Tout eſt folie: J'abhorre chaque jour mon exiſtance! les Hommes davantage... Quî êtes-vous? —Le Spectateur-nocturne. —Hâ! ſi vous l'étiez de jour, vous en verriez bien d'autres! Mais faites votre partie, ét ne les épargnez pas! A-demain: J'aurai quelque-chose à vous dire-.

LXXXII NUIT.

LES DEUX INFORTUNÉES.

En ſortant, je vis paſſer par la rue des-Carmes un petit Homme de ma connaiſſance. —Il faut que je vous mène dans une maison où l'on vous desire (me dit-il). Ce font deux Infortunées, auxquelles eft arrivé un grand malheur... Leur Frère... Vous les connaiffez de nom-... Et il me les designa. —Je fuis à vous (lui repondis-je); quoique j'aie d'autres affaires, partons-. Nous marchames rapidement. Je voulais confoler les deux Infortunées. Nous n'avions encore traverfé que le quartier Saint-jacques, lorfque je rencontrai le Mifanthrope de la veille. Il marchait feul, en gefticulant : Mon Conducteur me dit : —Voila M. Lhomme! C'eft un parent des deux Sœurs : Voulez-vous que nous l'attendions? Je fais qu'il a redigé leur hiftoire? —Laiffons, laiffons, repondis-je; lui parler, c'eft changer d'objet. Nous continuames notre route, ét nous arrivames chés Celefte ét Julie.

Jamais je ne vis de Fille auffi belle que l'avait été l'Aînée; d'auffi jolie, d'auffi charmante, que l'était la Cadette. Elles nous reçurent bonnement, ét avec une politeffe touchante. Je n'osai parler de leur malheur : Elles n'en dirent pas un mot : feulement l'Aînée avait un grand fond de melancolie! Je me contentai de leur temoigner beaucoup d'eftime, ét de leur demander la permiffion de les revoir; ce qui me fut accordé. Nous ſortimes, mon Conducteur ét moi.

La Paille brulée.

A deux pas de la maison, nous trouvâmes le Misanthrope. —Hâ! c'eſt vous! (me dit-il). Tant-mieux! Voici un manuſcrit que je vous deſtinais... Tenez, regardez donc ces Fous, qui brûlent cette paille! Il vont envoyer dans tout le quartier ſous le vent, une fumée empeſtée, qui gâtera les étofes chés ce Mercier, les mouſſelines chés cette Lingère, la viande chés ce Traiteur: Ils ſont à deux pas d'un endroit, où ils pouvaient la deposer utilement. On achete la pâille à Paris, pour les emballages; que n'y a-t-il un depôt? On l'achète pour les litières; les Blanchiſſeuses riveraines en ont besoin; que ne la leur dônne-t-on? Mais non: il faut la brûler, pour divertir des Poliçons, calciner les pierres d'un quai, ou exposer les maisons à l'incendie! La pâille fait un engrais, que ne la donne-t-on, pour les rues où ſont des Malades? Elle y vaudrait bien le fumier... Les Hommes ſont de pauvres enfans, de pauvres imbeciles. Adieu-. Et il enmena mon Conducteur avec lui. Je tenais le manuſcrit. Il feſait chaud. J'alai dans mon ancien cabaret à bière, de la rue Baſſe-du-rampart, pour jeter un coup-d'œil ſur cet écrit. Qu'il était intereſſant! J'en lus quelque-chose, en presence des deux Jeunesfilles, qui étaient charmées de me revoir. Je courus, avec le present du Misanthrope, chés la Marquise, à laquelle j'annonçai une longue lecture. Elle ſ'en felicita, ét je començai:

LES FAUTES SONT PERSONNELLES.

1 §. Un-Officier de notre Marine marchande, homme d'honneur, ét rempli d'humanité, quoique fort-bruſque, paſſait un-ſoir par la rue du-Roule: Il entendit une porte ſ'ouvrir avec bruit, ét ſe refermer avec violence. Il ſ'arrêta. Une Jeunefille, couverte d'un deshabiller blanc, coîfée de nuit, ſuppliait devant cette porte, qui venait de ſe refermer. M. De-Nouglans (c'eſt le nom du Capitaine de navire), ala vivement à elle, ét lui demanda, ce qu'elle avait, quî elle était, ét pourquoi on la chaſſait de la maison après onze-heures du ſoir? —Monſieur, repondit la Jeune-infortunée, je ſuis une Orfeline, ét je demeure avec mon Frère: j'ai quinze ans, ét il en a trentecinq, étant d'un premier lit. Il a le defaut de jouer: il a tout perdu aujourdhui. Furieus, il a été ſ'enivrer, pour moins ſentir ſon chagrin: mais

quand il a bu, il eſt fou, ét mechant: Il me chaſſe: cela eſt arrivé deja deux-fois; il était moins tard, ét j'ai trouvé les boutiques ouvertes; on m'a reçue. Aujourdhui, plûs furieux encore, il a voulu ſe tuer, ét moi auparavant. Je me ſuis échappée. Il eſt près de minuit, je n'ose frapper nulle-part. -Ne connaiſſez-vous Perſonne? N'avez-vous pas de Tante, de Cousine? —Non, Monſieur! mais je connais, pas bien-loin, dans la rue des-Bourdonnais, une reſpectable Demoiselle, qui a des Elèves: C'a toujours été mon desir, que mon Frère m'y plaçât; ſi vous vouliez m'y conduire, ſa Gouvernante ſe releverait, ét la Demoiselle aurait la bonté de me recevoir-.

Nouglans reflechit, qu'il pouvait obliger cette Jeune-infortunée: cependant il voulut la connaître, pour ne pas mal-placer ſes bienfaits: Il la conduisit chés Madem. Bellardier, maîtreſſe-d'éducation, celèbre dans le quartier, par ſon excellente metode. La Marchande qui occupait la boutique, ét le premier, ouvrit elle-même, ét conduisit Nouglans ét la Jeuneperſonne, qu'elle reconnut, au ſecond, chés Madem. Bellardier (c'eſt le nom de l'Inſtitutrice).

Nouglans trouva une maison decente ; la Maîtreſſe lui parut une belle Perſonne, qui avait des chagrins profonds ; mais ſon air-de-triſteſſe ne la rendait que plùs intereſſante. Le Capitaine n'avait pas encore regardé ſa Protegée : il jeta les ieux ſur elle, quand Madem. Bellardier la nomma Madem. Adelaïde, ét il fut ſurpris de voir une figure charmante! Il ſe retira ſur-le-champ, à-cause de l'heure, promit de venir le lendemain, de parler au Frère d'Adelaïde, ét d'aſſurer la tranquilité de la Jeunefille.

Le Capitaine de navire ne manqua pas : Adelaïde l'avait intereſſé : mais avant de reparaître chés Madem. Bellardier, il ſ'informa dabord du Frère d'Adelaïde, ét de la Petite-perſonne elle-même : Il n'y eut qu'une voix en-faveur d'Adelaïde ; il n'y eut qu'une voix contre le Frère. Satiſfait de ce côté-là, il vint dans le quartier de la Maîtreſſe-d'éducation. Il fut ſurpris du bien qu'il en entendit repeter à tout-le-monde : Madem. Bellardier, qu'on ne nommait que Madem. Celeſte, était eſtimée generalément, ét l'on avait pour elle une ſorte de veneration. Il ſe montra pour-lors, ét aſſura le ſort d'Adelaïde, par des promeſſes, qu'il realisa bientôt. Après avoir rendu quatre ou cinq visites très-longues, durant lesquelles Celeste lui montra toute la beauté de son âme, il pensa comme tout-le-monde sur le compte de cette respectable Fille.

Nouglans avait un Ami, qu'il cherissait comme un Frere: c'était l'Homme tout-à-la-fois le plûs vertueux ét le plûs aimable: Ils ne se quittaient guère: mais dans les commencemens de la connaissance avec Adelaïde, le Marin était jaloux, ét il craignait que D'Anglesei, plûs jeune, plus riche, d'une figure seduisante, ne lui enlevât le cœur d'une Jeunepersonne, à laquelle il s'attachait par ses propres bienfaits. Mais enfin, à la sixième visite, il avait entrevu Julie-Bellardier, sœur cadette de Celeste, qui l'emportait sur Adelaïde par la beauté, par l'air-de-candeur, de-naïveté, par l'innocence, en-un-mot, ét il crut ne pas s'exposer, en amenant son Ami, à perdre le cœur de sa Pupile. Il revint cependant encore trois-fois seul, afin de bien s'assurer, que Julie était assés aimable, pour qu'il n'eût pas de Rival auprès d'Adelaïde.

Disons deux mots de l'origine de la liaison de Nouglans avec le jeune D'Anglesei.

Le Père de ce dernier était un bon Gentilhomme de Bourgogne, qui avait paſſé ſa vie dans la Marine-marchande : c'était ſon goût: Il avait un vaiſſeau à lui, il en était pilote ét capitaine: ſes Matelots étaient des Gens de ſon pays, qu'il avait formés lui-même. Nouglans, jeune Parisien ſans fortune, vint à Bordeaux, ſe presenter à M. D'Anglesei-père, qui l'employa comme Ecrivain: Mais en peu-de-temps, ayant reconnu le courage ét la capacité de ce Jeunehomme, il le prit tellement en amitié, qu'il le fit enfin ſon Capitaine de navire, quand il voulut ſe retirer. Dans ſa vieilleſſe, c'eſt-à-dire, à 50 ans, M. D'Anglesei eut un Fils unique, qui lui fut extrêmement chèr ! Cet Enfant n'avait que 12 ans, lorſque ſon Père mourut. Au-moment ſupréme, voyant au pied de ſon lit, Nouglans ét ſon Fils, il les fit approcher, ét leur dit: —Vous êtes tous-deux mes Enfans; l'Un par l'amitié, l'eſtime, l'Autre par la nature. Nouglans, mon Fils-aîné, je te recommande ton cadet, mon Fils par la nature. Tu es ſage, prudent; tiens-lui lieu de Père, ét preserve-le des écarts de la jeuneſſe... O mon cher Fils! (preſſant la main de D'Anglesei), vois encore ton Père, dans le Fils de ſon amitié; dans Celui qui ſ'eſt toujours comporté en bon Fils envers ton Père! Profite de ſes ſages conſeils: Je t'en conjure, ét je te l'ordonne. Je laiſſe Nouglans depositaire de mon autorité; je le nomme ton tuteur par mon teſtament... Tu auras tous mes biens, à-l'exception du Vaiſſeau que Nouglans commande: Je le lui donne, ét lui enjoins de l'accepter... Alez, mes Enfans; ne vous quittez jamais... Nouglans, tu feras entrer mon Fils dans la Marine-royale; il eſt aſſés riche pour cela-. D'Anglesei-père mourut le lendemain, ét ſes diſpositions teſtamentaires furent executées.

Nouglans, proprietaire du Vaiſſeau qu'il commandait, l'aurait ſans-doute gardé: mais la rencontre qu'il fit d'un de ſes Compatriotes, ſon ancien Camarade de collége, le fit changer de ſentiment. Dorfeuil (c'eſt le nom de cet Ami), lui proposa d'acheter le Vaiſſeau, dont Nouglans demeurait Capitaine, ét de faire la courſe ſur les Ennemis de l'Etat. Les deux Amis ſ'unirent, firent des actions glorieuses, ét achevèrent de ſ'enrichir.

Cependant le jeune D'Anglesei recevait les principes d'éducation indiſpenſables: La paix ſe fit, ét Nouglans revint à Paris. Ce fut durant un repos de quelques mois, qu'il revit ſon Pupile:

il le fit entrer dans la Marine-royale, après l'avoir exercé sur son vaisseau, ét leur intimité devint la plûs forte qu'on ait jamais vue. Revenons à Nouglans, ét à Celeste, chés laquelle il a placé Adelaïde.

Le jour même, qu'il fut parfaitement decidé à lier D'Anglesei avec la Cadète Bellardier, il arriva, qu'étant auprès de l'Aînée, tandis qu'elle cherchait des papiers, il la vit en lire un, qu'elle serra precipitamment, en s'apercevant qu'il y avait jeté les ieux. Mais il était trop tard; Nouglans y avait deja vu, que l'Institutrice de sa Pupile ne portait pas son veritable nom, qui était Amancour. Il se rappela, qu'il avait entendu parler à Dorfeuil d'une Fille de ce nom, dans sa dernière traversée, d'Afrique au Port-au-Prince: Il fremit; ét fit des informations, qui le confirmèrent dans l'idée, que Celeste Bellardier, était la Celeste Amancour, dont M. Dorfeuil lui avait fait l'histoire dechirante. Il n'hesita plus à presenter son Ami.

A la dixième visite, que Nouglans rendait à sa Protegée, ils se trouvèrent lui ét D'Anglesei vis-à-vis la porte de Celeste: —Mon Ami (dit Nouglans), veux-tu me permettre de dire ici une petit bonsoir? C'est à une Jeunepersonne dont je prens ſoin : mais tu me connais; je ſuis leprotecteur de ſa vertu. Je l'aime, il eſt vrai; mais libre, ne tenant à Perſonne, je me propose de l'épouser ; non en étourdi, mais ſi elle le merite ; ce que je reconnaîtrai après une longue experience. —Quoi ! ſ'écria D'Anglesei, c'eſt toi qui protéges les Filles? Je ne t'avais pas cru l'âme ſi tendre!... Hâ! mon Ami! prens-garde! —Ne crains rien ! (reprit en riant le Capitaine), je ne ſuis pas ſeductible-. Il fit enſuite l'éloge de Celeſte, ét dit un mot de Julie, ſa jeune-ſœur, en la peignant comme la plûs charmante Enfant qu'on pût voir. Ils montèrent.

Nouglans fut curieux de voir pour laquelle des deux, Adelaïde ou Julie, pancherait ſon Ami. Dans cette vue, il ne dit rien qui pût faire connaître Adelaïde. D'Anglesei, de ſon côté, par delicateſſe, n'osait ſe livrer à ſon goût naiſſant, depeur de bleſſer, ſans le vouloir, les droits de Nouglans. Il demeura froid, gêné; ſes politeſſes furent generales ét froides : Il fit abreger la visite, en rappelant à ſon Ami une affaire preſſée.

Lorſqu'ils furent dehors, Nouglans dit à D'Anglesei : —Je vois que je n'avais rien à craindre, d'aucune manière ! Je te redoutais pour rival, ét je craignais

gnais que tu ne priſſes pour Julie un attachement trop fort. Je ne ſuis pas faché de ton indifference; J'ai de fortes raisons pour que tu me laiſſes mon Adelaïde; ét j'en ai d'auſſi puiſſantes, pour que tu ſois maître de toi-même avec Julie. Je ne parle pas de Celeſte: quoique belles, les Femmes de ſon âge ne font de paſſion, que dans les cœur des Jeunes-gens qui ſortent du collége. —Mon Ami, repondit D'Anglesei, l'Une eſt brune, l'Autre eſt blonde, laquelle eſt Adelaïde? —Mais la Brune-. D'Anglesei pâlit: mais Nouglans ne ſ'en aperçut pas. Ils causèrent de choses indifferentes, c'eſt-à-dire d'affaires: D'Anglesei, concentré, repondait mal, était diſtrait. Aubout d'une demie-heure, Nouglans, prêt à rentrer dans l'hôtel-des-fermes avec ſon Ami, lui dit: —Je penſe que je pourrais commettre une très-grande imprudence, en te laiſſant dans l'erreur: j'ai badiné, pour voir ce que tu dirais, en te diſant qu'Adelaïde était la brune: C'eſt Julie. Je t'avertis qu'il n'y a pas-là de riſque: les convenances empêchent qu'il n'y ait du danger pour toi, à faire une petite amourette dans cette maison; ainſi ne te gêne pas; telle chose qui arrive, tu leur feras toujours beaucoup d'honneur, ſans leur en ôter-. D'Anglesei ſe fit bien aſſurer que Julie était la brune, ét lorſqu'il n'en put douter, ſon enjoûment marqua ſi visiblement, que Nouglans en aurait été frappé, ſ'il n'avait pas été auſſi rond qu'un Marin.

Ils entrèrent à la Bourſe: D'Anglesei fut charmant; il ne quitta pas Nouglans de la ſoirée; il ſ'amusa de tout, lui qui ſ'ennuyait facilement des plaisirs bruyans, ét le lendemain, avant neuf heures, il était chés le Capitaine de navire, qu'il trouva fumant une pipe.

—Diable! tu es bien matinal! où vas-tu donc aujourdhui? —Je me trouve desœuvré; diſpose de moi. —Volontiers! Je ſuis ſur mon depart; c'eſt fète; il faut proposer une partie de promenade ét de ſpectacle à la Maîtreſſe de ma Pupile-. D'Anglesei fut tenté de ſe jeter au cou de ſon Ami: mais il aurait cru profaner le ſentiment ſacré qui commençait à naître dans ſon cœur, ſ'il l'avait-laiſſer ſoupçonner. Il ſe contint, ét ſous pretexte d'une petite affaire, il ſortit en promettant d'être de retour dans une heure. —Je t'en donne trois, ſ'écria Nouglans; mais ne manque pas, comme cela t'eſt quelquefois arrivé-! D'Anglesei ala faire une toilette ſoignée, ét longtemps avant l'heure marquée, il parut brillant chés ſon Ami. On partit auſſitôt, ét l'on ſe trouva chés madem. Bellardier, à onze-heures-un-quart.

Il était de-règle, que toutes les Elèves avaient la liberté d'aler chés leurs Parens les fêtes: Comme on était dans la plùs belle ſaison de l'année pour la promenade, toutes en avaient profité; Celeſte n'avait auprès d'elle, que ſa ſœur Julie, ét la jeune Adelaïde, qui n'avait pas de Parens: Les trois Dames arrivaient de la grand'meſſe: Julie était raviſſante, ſous une parure enfantine: C'était un fourreau blanc, ſur un taffetas cerise, un petit chapeau noir, garni de quelques fleurs, ét des ſabots rose garnis en-noir. D'Anglesei treſſaillit, ét dans le fond de ſon âme, il ſentit, que cette charmante Fille avait tout ce qu'il falait, pour conſerver en lui le goût physique, uni au goût moral, qu'il avait reſſenti la première-fois: Car la veille, il l'avait trouvée intereſſante, ét ſi elle lui avait inſpiré de la tendreſſe, il ſentit, en ce moment, l'aiguillon du desir. — Elle reünit tout! (penſa-t-il); mais, je ne la punirai pas d'être trop-aimable: je ſuis riche ét maître de moi-même; elle eſt pauvre, dumoins comparée à moi; je la rendrai heureuse, en lui offrant un Epoux, dans l'Amant le plus tendre-.

D'après cette resolution, D'Anglesei prit un air decemment empreſſé. Il fit autant ſa cour à Celeſte qu'à Julie; il ſe partageait également entre les deux Sœurs. Mais comme l'Aînée était encore belle, il craignit qu'elle ne ſe trompât, ét il voulait ſ'expliquer de bonne-heure. Il n'en fut pas besoin: Quelques marques d'empreſſement un-peu trop-vives furent reçues avec une froideur glaçante. D'Anglesei fut intimidé par-là. Dans un autre moment, il fit avec feu, l'éloge des grâces de Julie: Celeſte alors prit un air riant ét ſatiſfait, qui fit comprendre au Jeunehomme, qu'il ne pouvait mieux faire ſa cour à l'Aînée, qu'en louant la Cadette.

Nouglans avait proposé la promenade: Celeſte hesitait ſi elle accepterait. La Marchande-Drapière, qui occupait la boutique de cette maison, parut en ce moment. Celeſte l'appela: —Ma Bonne, je voudrais vous dire un mot-. Nouglans n'était pas fin: Il aimait Adelaïde comme ſa fille, ét il causait, ou jouait niaisement avec elle, ſuivant que cela convenait à la petite Perſonne; qui voyait tout le pouvoir qu'elle avait ſur lui: Mais D'Anglesei prêta l'oreille. Il entendit que Celeste demandait conseil à la Marchande. —Ma chère Maîtresse (repondit Celle-ci), je ne vois pas qu'il faille desobliger M. De-Nouglans, qui est un galant-homme, ét qui étant à la veille de son depart, serait bien-aise de voir le spectacle avec sa Pupile: mais à-cause des precautione que vous avez à garder, nous irons avec vous, mon Fils ét moi: Cela fera toute une maison, ét le monde ne dira rien: Qui saura, si ces Messieurs sont mes connaissances ou les vôtres? Depuis ma succession, je reçois des Parens, ét leurs Amis, ét cela est tout-naturel. —Alez-donc vous preparer, ma Bonne, repondit Celeste; car je veux suivre votre conseil-.

D'Anglesei fut surpris de ce qu'il entendait; ét Celeste ayant parlé à Nouglans, il eut la liberté de demander à Julie, Pourquoi sa Sœur appelait la Marchande sa Bonne, ét prenait ses conseils? —C'est notre ancienne Bonne, repondit Julie: Elle est d'une Famille honnête, ét après nous avoir servis, elle a herité d'un Parent, qui avait cette maison à lui, ainsi que le commerce de draps: Mad. Thibaut était son unique heritière; elle s'est trouvée riche tout-d'un-coup;

le teſtament de ſon Parent n'était pas bien fait, il a été caſſé. Depuis qu'elle eſt riche, ét qu'elle a cette belle maison, nous y ſommes venues loger... Hâ! c'eſt une bonne-femme! Croiriez-vous qu'elle nous ſert tout-comme auparavant? ét qu'elle ne veut pas que nous ayions ici une autre Domeſtique?... Ma Sœur ét moi, nous en ſommes penetrées! Il eſt vrai qu'on la conſiderait beaucoup, avant ſa fortune! Mon Père ét ma Mère la fesaient manger à table, à-cause de ſon extraction honnéte: mais tout-cela ne vaut pas ce qu'elle fait aujourdhui pour nous-. A ce court recit, D'Anglesei penetré, ſe retourna du côté de Celeſte, dont il baisa la main. Celeſte Bellardier parut ſoupirer de ce petit tranſport! —Mademoiselle! (lui dit D'Anglesei), quand une ancienne Domeſtique, devenue riche, ſe comporte comme le fait Mad. Thibaut, la Maîtreſſe eſt jugée; elle merite l'eſtime, le reſpect, l'admiration... J'ai entendu ce que vous avez dit à Mad. Thibaut, j'ai été curieux, ét votre aimable Sœur a daigné ſatiſfaire ma curiosité. —Les voila deja connaiſſances! (ſ'écria Nouglans), puiſqu'on en eſt aux confidences! Je ne ſavais pas encore cela, moi!... J'apporterai un present à Mad. Thibaut, en revenant de mon prochain voyage-. L'œil de Celeste brilla de-joie, à ce mot. D'Anglesei lui dit à l'oreille : —Vous aimez votre Dame Thibaut comme une mère? —Elle m'en a servi (repondit Celeste), ét m'en sert encore-.

§. 2 Cependant le dîner se preparait. Les choses ne s'arrangèrent pas comme Nouglans s'y attendait: Il croyait emmener tout le monde, dîner aux Tuileries, faire un tour dans le jardin avant ét après, ét entrer ensuite à celui des trois spectacles qui plaîrait davantage aux Dames. Il le dit. Mais Celeste le pria de vouloir bien dîner à la maison, parceque ni elle, ni sa Sœur, ni aucune de ses Elèves ne devaient manger dans un endroit public. D'Anglesei fut charmé de cette raison decente, ét elle lui prouva que Julie, outre ses charmes naturels, aurait encore toute la modeste retenue des Jeunes-personnes les mieux-élevées. On dîna donc. Mad. Thibaut ét son Fils, grand nigaud-bonace (car il est des Nigauds mechans) mirent le couvert, servirent, mangèrent avec la Compagnie, ét se levaient neanmoins pour changer les assiettes, ét apporter les mêts : ce que Mad. Thibaut fesait avec une aisance, ét une entente admirables. Le dîner fut très-bon, quoiqu'elle n'eût pas eu tout le temps necessaire: mais heureusement, elle avait premedité ce jour-là un petit regal à ses Maîtresses. D'Anglesei, ét Nouglans lui-même, marquèrent à cette Femme la plûs grande consideration, ét le Second la pria d'être de la promenade, ét de la partie de spectacle: Elle accepta pour elle ét pour son Fils.

On dînait à midi, dans cette maison. A deux heures on quitta la table: Nouglans donnait la main à sa Pupile; D'Anglesei offrit la sienne à Celeste, Julie alant devant eux, ét Mad. Thibaut s'appuyait sur son Fils. On entra au Palais-royal, qui était sur la route. Thibaut, le fils, quoique parisien, n'avait jamais vu ce marché perpetuel, où tout se vend, jusqu'à la beauté: Il avançait, dans la belle alée, la bouche beante, en deuil, les cheveux longs, l'air gauche: Sa Mère était habillée en dame du dernier siècle, une robe noire à-la-française, un bonnet monté, une coîfe nouée sous le cou. On riait au néz du Fils ét de la Mère: Celeste s'en aperçut, ét elle les fit mettre entr'elle ét sa Sœur, de sorte que D'Anglesei ét Nouglans se trouvaient sur les deux aîles: Thibaut en devint plûs fier ét plûs ridicule: Il falut sortir du jardin. L'on ala aux Tuileries.

Ici le champ était plùs vaſte : on laiſſa Thibaut tranquile. Ce qui lui fit faire une reflexion : —Je crois, Mamân, (dit-il), qu'il y a beaucoup de Faquins à Paris, mais que la plûs pire eſpèce, eſt au Palais-royal : les Marchands y ont l'air d'aigrefins, les Marchandes de Catins, ét les Catins de Marchandes ; on n'y connaît rien. — Monſieur Thibaut eſt cauſtique (repondit D'Anglesei) ; mais la critique qu'il fait de l'endroit charmant que nous quittons, eſt beaucoup trop ſevère, Le Palais-royal * eſt un abregé de Paris : L'Etranger qui arrive, ét auquel on veut montrer Paris en mignature, ſans le fatiguer, le trouve tout-entier ſous les arcades, dans le Jardin, ét particulierement ſous les deux alées des colonades : On loue les Peintres, les Sculpteurs, pour la verité de leurs tableaux : Quel tableau plùs vrai, plûs frappant, plùs varié, que celui qu'on trouve dans ce ſejour enchanté ! Dailleurs, le bon-ordre le plûs exact y eſt établi : On vous a ri au nez, à-cauſe de votre air... naturel ét naïf : mais ſi vous l'aviez-voulu, on feſait filer les Rieurs devant vous, ét Aucun d'eux

* On verra plûs bas, que c'eſt ici un anacroniſme fait exprès.

n'aurait osé vous fixer plûs d'une demi-ſeconde : Où trouverez-vous pareil a-vantage ? —Mais ici on eſt mieux. —On eſt moins entâſſé, ét vous y êtes perdu dans un eſpace plûs grand. Dailleurs, pour que les Hommes en inſultent Un-autre, il faut qu'il y ait foule: l'Inſultant ſait qu'il fait mal ; il eſt plûs honteux que l'Inſulté ; dès qu'il a lâché ſon mot, il voudrait ſe perdre dans la multitude, ét ſe derober à la turpitude de l'avoir dit. Il ne faut pas rougir devant les Sots, mais en avoir pitié. —Hâ ! voila qu'eſt bon, ça ! (ſ'écria Thibaut): je ſuis bienaiſe d'avoir entendu ce mot-là ! Quand Quelqu'un merira au néz, j'aurai compaſſion de lui, ét je marcherai ſans rien dire, en hauſſant les épaules, ou bien je dirai au monde : Il a une turpitude, ét le voila qui la cache derrière vous... C'eſt bon ! c'eſt bon-!

Après quelques tours de promenade, on proposa le ſpectacle. L'Opera fut indiqué par Nouglans : mais aler ſi loin, quoiqu'en voiture, au riſque de n'en pas trouver au retour ! Un ſpectacle au bout de Paris, ne convient qu'aux Riches, qui ont carroſſe, ou aux Voisins. D'Anglesei lut l'affiche des FRANÇAIS : L'ESPRIT-FOLLET ét la COUPE-ENCHANTÉE ! il n'y avait pas moyen. L'affiche des ITA-

LIENS était plûs attrayante: On donnait L'HABITANT-DE-LA-GUADELOUPE, LES AMIS-DU-JOUR, ET LES DEUX BILLETS. * D'Anglesei ne connaissait aucune de ces trois Pièces; il n'alait jamais qu'aux FRANÇAIS: Cependant, comme on ne donnait rien qui vaille aux autres spectacles, il proposa les ITALIENS, ét l'on partit de bonne-heure: On eut les meilleures places de l'amphitheatre, où l'on observa le même ordre qu'au Palais-royal: Mad. Thibaut ét son Fils occupèrent le milieu, Celeste fut à-côté de Thibaut, Adelaïde ensuite, puis Nouglans; de l'autre côté, Julie entre la Bonne ét D'Anglesei.

On causa, en attendant le lever de la toile: —Je ne sais trop ce que nous alons avoir! (disait D'Anglesei à Julie): Je voudrais bien, que nos Theatres s'accordassent à donner des Pièces favorables aux bonnes-mœurs, de-manière, que lorsqu'il y aurait du mauvais-comique, ou du libre aux FRANÇAIS, l'on fût sûr de trouver du moral ét du pathetique aux ITALIENS, ét le contraire, lorsque les

* On donnait, LA VIE-EST-UN-SONGE, ét le MAÎTRE-DE-MUSIQUE: On a changé cela malgré-moi; ainsi que tout ce qui regardait l'ancien Palais-royal, ét l'on a mis ici, ce que je plaçais ailleurs.

ITALIENS ne donneraient que des farces, ou des ariettes vides de ſens-. Celeſte applaudit à cette idée. Pour Julie, elle n'avait encore jamais été à aucun ſpectacle; elle ne pouvait avoir d'opinion. Adelaïde était dans le même cas : Thibaut avait été aux Grands-Danſeurs-de-corde, à la Foire-Saintgermain : Mais ſa Mère, femme de bon-ſens, qui accompagnait autrefois ſouvent ſes Maîtres à l'OPERA, lorſque l'ancienne ſalle tenait au Palais-d'Orleans, ainſi qu'aux deux autres grands Theatres, ſe reſſouvint qu'elle leur avait entendu beaucoup vanter un Livre, qui proposait une reforme complète dans le fond des Pièces, dans la manière de les representer, dans la condition des Acteurs, ét la conſideration ſoit perſonnelle, ſoit d'état qu'il convient de leur accorder : Elle nomma cet Ouvrage à-peu-près *, ét en fit un petit resumé. Elle l'achevait, lorſque l'Orqueſtre comença.

(Ce qui ſuit, fait un anacroniſme de 15 ans : mais il doit ſuffire d'en avertir le Lecteur).

On joua LES AMIS-DU-JOUR. *Cet Acte, ſans intrigue, mais coulant de ſource, offrit un tableau qui charma également Julie, Celeſte, Adelaïde. Mad. Thibaut, D'Anglesei, Nou-*

* Il eſt intitulé, LA MIMOGRAFE.

glans, ét Thibaut lui-même, qui riait niaisement, mais de tout-ſon-cœur: car ſouvent il ſ'écriait, pour mieux marquer le plaisir qu'il reſſentait. Dans l'entr'acte, il repeta preſque toute la pièce, à ſa manière, avec des geſtes très-comiques. Ce qu'il y avait de plaisant, c'eſt qu'il voyait comme les Perſonnages eux-mêmes; deſorte-qu'il ne preſſentait rien: Il ſe recriait ſur la ſurprise qu'il avait éprouvée, ét il la peignait aſſez énergiquement. On leva la toile pour la ſeconde Pièce.

Celle-ci intereſſa davantage, parce-qu'elle alait au cœur. Julie, Adelaïde ét Celeſte pleurèrent: Thibaut était immobile, ét ſa Mère ſouriait. On ne parla pas de cette pièce, dans l'entr'acte; Adelaïde ét Julie ſavouraient leur émotion: Celeſte, qui la voyait pour la première-fois, obſerva combien elle était touchante, ét quel dommage c'était qu'on y eût mis, pour Carlin, *qui n'exiſtait plus, le perſonnage d'Arlequin, toujours invraiſemblable, ét qui nuit à l'illusion! mais elle trouva l'idée de ceder un billet-gâgnant, pour un billet-doux de ſa Maîtreſſe, neuve, delicieuse, ét avant une ſorte de ſublime. Vouglans ét D'Anglesei étaient charmés de ſe trouver avec des Perſonnes, que l'habitude du ſpectacle n'avait pas encore blâsées, ét qui ſavouraient tout: Car Julie ét Adelaïde étaient dans le raviſſement. Reſtait la troisième Pièce.*

Ni les Jeunesperſonnes, ni Celeſte, ni Mad. Thibaut, ni même Nouglans ét D'Anglesei n'avaient aucune idée du Sujet. La première ſcène les frappa, ſans les attacher: l'interêt ne commença qu'à l'arrivée de Vanglène (l'HABITANT DE LA GUADELOUPE), *qui ſe presente à ſon Parent le Financier, ét à ſa ſuperbe Epouse, ſous le coſtume de la misère ét du malheur. Adelaïde ét Julie fremiſſaient d'indignation, contre la dureté du riche Cousin ét de la Financière, plûs inhumaine encore: Tous, juſqu'à Thibaut, juſqu'à Nouglans, ſuivaient le developement de l'action, ſans ſe regarder, ſans parler: Ils pleuraient; ſurtout les deux Jeunesperſonnes, Celeſte, D'Anglesei, ét Mad. Thibaut: Pour le Fils de cette Dernière, il riait d'attendriſſement... L'Acte finit. On ne ſe parla pas: l'attention était toute-entière à ce qui devait ſuivre. Enfin le II Acte commença. Le tableau de la ſituation de la pauvre Cousine intereſſa d'autant plûs, qu'il reſſemblait aſſés à la position de*

Celeſte ét de Julie : mais lorſque Vanglène paraît ; quand il expoſe ſa miſère : quand la vertueuse Veuve partage avec lui ce qu'elle poſſède ; quand il ſ'écrie, qu'il veut à-jamais conſerver la pièce qu'il vient de recevoir, Julie ſuffoquait ; Adelaïde, encore plûs émue, quitte la representation, pour jeter ſur Nouglans un regard de reconnaiſſance : Celeſte pleurait noblement ; mais ſes larmes ruiſſelaient ; Mad. Thibaut ſanglotait, ét Thibaut-fils riait, avec la grimace de pleurer. Enfin le riche Vanglène annonce ſa fortune ; il fait ſon present. Les Jeunesperſonnes ſourirent ; mais Thibaut ſauta-de-joie, ét attira ſur lui les regards de toute la ſalle : On ne parvint à le calmer, qu'en lui promettant de lui faire embraſſer l'Acteur, après la representation !

Dans l'entr'acte du ſecond au troisième Acte, D'Anglesei dit à Nouglans : —Voila le plûs bel Acte de toutes les Pièces qu'on ait données ſur aucun Theatre ! L'aimable Julie, dont ce mot juſtifiait le ſentiment, ét la volupté qu'elle venait de goûter, lui ſerra la main. Le Jeunehomme treſſaillit ; ſon cœur ſe dilata ; ce delicieux ſerrement-de-main l'eût rendu le plûs heureux des Hommes, ſ'il ne l'avait pas été ; il le fixa pour jamais. Le troisième Acte donna aux Jeunespersonnes une satisfaction qu'elles desiraient ; ét la Pièce finit. En se levant, la Compagnie se regardait —Il faut avouer (dit Nouglans), que je ne croyais pas aussi-bien tomber !... Ma chére Fille (dit-il à sa Pupile), je me felicite de vous avoir amenée, pour la premiere-fois, à un spectacle entier, où tout est vertueux : —Nous vous remercions doublement, Monsieur, ma Sœur ét moi (dit Celeste). —Et moi donc ! (s'écria Thibaut) : jamais je n'ai été si aise de ma vie !... Hô ! j'ai eu du plaisir comme-tout ! —Et moi, Messieurs (dit à-son-tour Mad. Thibaut), je vous fais aussi mes remercîmens, de la manière la plûs complette : j'ai quelquefois été au spectacle, avec les Parens de Mesdemoiselles Bellardier, que voila : mais jamais je n'ai vu PIÈCE *aussi parfaite en morale : Et comme elle a été rendue ! Hâ ! ce M. Vanglène ét sa Cousine ! —Et ces pauvres petits Enfans ! (dit Adelaïde). —Et leur Bonne ! (ajouta Julie). —Pour moi, dit Thibaut, j'aurais bien donné du pied au ... derrière, sauf respect, à cette Madame la Financière, tout ainsi comme à son chancre de Mari... Mais ils ont été bien payés à la fin, n'est-ce pas donc ! ...*

Après le spectacle, on revint à piéd, par les rues de-Richelieu, celles de-Colbert ét Vivienne, au Palais-royal, qui brillait en ce moment de tout son éclat nocturne. La Foule était si grande sous les fausses-colonades, qu'on perdit de vue Thibaut, qui, aulieu de rejoindre la Compagnie, en coupant par une des issues, se mit à crier de toutes ses forces : —Mamân ! Mamân... Hà ! me voila perdu-! *Quelques Petitsmaîtres remarquant un grand Nigaud de vingt-cinq ans, plus neuf, que s'il n'en avait eu que trois, lui demandèrent le nom de Mad. sa Mère : Il le dit, ét ils s'offrirent de le remener, en l'assurant qu'ils le connaissaient beaucoup. Des Filles se joignirent à eux, on l'environna, ét à-cause des Gardes-Suisses, qui empêchent les attroupemens, on le conduisit, ou plutôt on le poussa dans le jardin. Là, on lui demanda, quelle était sa Compagnie ? Thibaut nomma chacun des Hommes ét des Dames. On l'assura, que le* Palais-royal *était un endroit enchanté, où il se fesait des metamorfoses singulières : qu'il n'avait perdu de vue, la belle Julie, la belle Adelaïde, ét Madem. Celeste, que par l'effet d'une de ces me-*

tamorfoses ; que cependant, Ceux qui étaient bien au-fait, pourraient les reconnaître. Thibaut les depeignit à ſa manière. La malice humaine eſt ſi grande, que dès qu'elle rencontre un Sot-bonace, elle brûle d'envie de ſ'en amuser : On lui amena une Femme de l'âge de ſa Mère ; une Julie, charmante comme Celle dont elle profanait le nom ; une Adelaïde ; enfin une Celeſte, qui composa ſon visage effronté : deux Petitsmaîtres firent le rôle de Nouglans ét de D'Anglesei: Thibaut les regardait avec des grands ét gros ieux bêtes : mais ils lui parlèrent avec tant de naturel, qu'ils le perſuadèrent. Il ſe mit au-milieu d'eux, ét l'on marcha pour ſortir.

Cependant Mad. Thibaut était inquiète de ſon Fils, ét ne pouvait ſ'empêcher de le temoigner. Celeſte la raſſurait: Nouglans ét D'Anglesei ne fesaient que peu d'attention à ſes inquiétudes. Enfin, elle les intereſſa, en leur disant : —Vous ne connaiſſez pas Thibaut! Il peut ſe perdre ici: Jamais il n'y eſt venu, ét il peut rencontrer des Fripons que tentera ſon extrême ſimplicité-. On le chercha. Après plusieurs tours ſans le decouvrir, on ſ'imagina, qu'il ſ'en était retourné ; on quitait les colonades, quand on l'aperçut au milieu d'une Compagnie, à laquelle il donnait les noms de la sienne. On empêcha Mad. Thibaut de s'écrier, ét on le suivit jusqu'à la rue du-Chantre, dans laquelle on le conduisait un-peu malgré lui, en l'assurant que c'était celle des-Bourdonais: Ce fut alors, que Nouglans ayant entrevu l'Escouade du Guet, qui fesait sa tournée, il l'instruisit en deux mots, en se fesant connaître: On envelopa la fausse Compagnie de M. Thibaut, qui, en se retournant, vit sa Mère: —Hâ! laquelle est-ce?... Est-ce vous donc, Maman? —Hé! le grand Nigaud! peux-tu être si bête! —Hô! oui, oui, c'est vous; car voila comme vous me dites!... Adieu, les Voisins!... Vous vouliez donc m'en revendre?... —Viens, viens, Pauvre-d'esprit. —Dame, moi, on me dit comme ça qu'on enchante au Palais-royal! Est-ce-t-il donc possible qu'on y mente comme-ça à-propos-de-bote-? Tandis que Thibaut parlait, Nouglans, instruit à-peu-près par ses discours, fesait arrêter les 2 Petitsmaîtres ét les Demoiselles, que l'on conduisit chés le Commissaire. On suivit en voiture. La joyeuse Troupe était très-effrayée! Elle assura qu'elle n'avait voulu que se procurer un amu-

ſement innocent, aux-depens d'un Nigaud, qui l'était au degré le plûs incroyable. —Comment! comment! ſ'écria Thibaut, c'était donc exprès que vous me disiez tout-ça, ét vous me vouliez faire!... Morbleu! ſi je l'avais ſu-! M. Thibaut était un gros garſon très-fort; il prit les deux Petitsmaîtres par le colet, ét leur cogna deux-fois le néz l'un contre l'autre, avant qu'on ſongeât à les delivrer de ſes mains. Puis ſe retournant du-côté de la fauſſe Julie: —C'eſt donc vous, Ma'm'selle la Capone!... Há! je voudrais pourtant que vous fuſſiſſiez la veritable! car vous avez été meilleure pour moi en un demi-quart-d'heure, qu'Elle en dix ans-! Et il ſoupira. Ce qui fit comprendre aux deux Amis, que M. Thibaut était amoureux de Julie. Le Commiſſaire renvoya les Accusés, les Hommes, parcequ'il n'y avait point eu de delit conſommé; les Demoiselles, parcequ'elles étaient de Celles qu'on tolère: mais il leur fit une remontrance aſſés vigoureuse, ét prit note de la plainte, pour ſ'en reſſouvenir en cas de recidive. On ſ'en retourna enſuite rue des-Bourdonais.

3 §. Le ſouper fut très-agreable! on parla des trois Pièces, dont on ſe rappe-

lait comme à-l'envi les principaux traits: —C'eſt un bonheur que nous avons eu (dit Nouglans), qui me paraît d'un excellent augure. Rien n'empèche qu'il ne ſ'établiſſe une liaison ſolide entre nous: D'Anglesei eſt aimable; il eſt vertueux: ſa ſocieté vous ſera très-agreable, pendant mon abſence! C'eſt un Ami, un Appui que je vous donne; ét je n'aurai pas le desagrement de l'exposer à reſſentir une paſſion, dont les ſuites pourraient être dangereuses pour lui; je connais votre honnêteté (regardant Celeſte), ét votre ſituation le met à l'abri de tout peril-. Nouglans ſ'entendait, en disant ces derniers mots, mais il ſ'entendait ſeul. L'avanture de Thibaut amena enſuite la groſſe joie; l'inconcevable naïveté de ce Garſon rendit vraiſemblable le tour qu'on venait de lui jouer, ét qui ſans-doute aurait eu des ſuites desagreables, ſ'il était entré dans la maison où on le conduisait-.

On ſe quitta vers les dix heures-ét-demie, la regularité de la maison de Celeſte ne permettant pas qu'on reſtât plûs tard. Nouglans dit-adieu à ſa Pupile, ét chargea ſon Ami D'Anglesei, de remplir toutes ſes intentions à ſon égard. En-ſortant, on entendit, qu'il lui disait:

—J'ai en toi une pleine confiance, non-ſeulement à-cause de ta probité connue; mais parceque je vois que tu aimes Julie. Attache-toi; donne-lui tout ton cœur; elle le merite, ét tu ne riſques rien: mais ſi la tentation du mariage avec elle te prenait, il faut me promettre de m'avertir? —Je te le promets? (repondit D'Anglesei). —Il faut me le jurer ſur ton honneur. —Je te le jure ſur mon honneur. —Je ſuis content, parceque je ſuis ſûr que tu ne violeras jamais ta parole-d'honneur-.

Le lendemain, ſur les onze-heures, D'Anglesei parut. Il était en botes, ét ſon cheval était à la porte: Il venait de conduire Nouglans ſur la route du Hâvre. Il montra, pour la première-fois, la preference qu'il donnait à Julie, par les choses flateuses qu'il lui adreſſa: mais ce Jeunehomme était ſi retenu, ſi reſpectueux, que Celeſte le remarqua ſans inquietude. Il ne manqua pas un jour de venir, une-fois le matin, vers les onze-heures, ét le ſoir. Il ſe fit eſtimer non-ſeulement de Celeſte, de Julie, d'Adelaïde ét de Mad. Thibaut, mais de toutes les Elèves: Il leur marquait à toute ſa plûs grande conſideration; ſes diſcours ne reſpiraient que la decence ét l'honneur; desorte-que lorsqu'il entrait, la joie brillait sur tous les visages. Sa conversation était amusante ét fleurie; toujours il avait des traits saillans à raconter; mais c'était plutôt des materiaux pour les ANNALES DE LA VERTU, que des traits libres ou satyriques: Il lisait beaucoup: Dans ses visites à Celeste, il fesait l'analise de ses lectures; il en donnait la substance, avec une grâce qui lui était particulière. Il rendait-compte de toutes les Pièces-de-theatre, ét il adoucissait les traits qui auraient pu blesser la candeur virginale des Elèves. Jamais il ne s'approchait de Julie: sa place était à-côté de Celeste, c'est-à-dire, derière sa chaise. Mais les jours de fète, lorsqu'il conduisait à la promenade, ou au spectacle, Celeste, Julie ét Adelaïde, il donnait le bras aux deux Sœurs, afin que l'Aînée entendît tout ce qu'il disait à la Cadette. Quand il était forcé d'en quitter Une, c'était toujours Julie, qui alait alors devant, avec Adelaïde. Six mois s'écoulèrent, sans qu'il y eût aucun changement dans cette conduite. C'était l'hiver: D'Anglesei donnait aux 2 Sœurs tout le temps qu'il pouvait derobér à ses occupations; car il était officier dans la marine-royale, ét il apprenait toutes les sciences relatives à son état.

Plûs D'Anglesei voyait Julie, plûs il se confirmait dans l'idee que cette Jeune-personne était l'épouse qui lui convenait: Il se proposait presque tous les jours d'en parler à Celeste : mais l'air froid ét reservé qu'elle prenait, dès qu'il jetait dans la conversation le mot de mariage, l'avait toujours intimidé. Cependant ayant appris l'arrivée de son Ami à Lorient, il se hata de parler, parcequ'il voulait faire de son mariage, une fête charmante pour le recevoir.

Un matin donc, qu'il était venu plutôt qu'à-l'ordinaire, il profita du moment où Julie était à sa toilette, pour ouvrir son cœur-à Celeste : —Il y a longtemps, Mademoiselle, lui dit-il, que je suis penetré pour vous d'estime ét de respect. Mais mon attachement n'est pas vague ét sterile; je veux vous en donner une preuve digne de vous ét de moi : Daignez devenir ma sœur : que je sois le frère ét l'appui de la Femme que j'honore le plûs, en devenant l'époux de Celle que j'aime le mieux-? Au mot de frère, Celeste avait fremi. Ses yeux se remplirent de larmes, lorsque D'Anglesei eut cessé de parler. —Mon cher Monsieur, (lui dit-elle), le mariage est un acte trop serieux, pour le precipiter :

Reflechissez

Reflechiſſez-y encore longtemps, avant que de m'en parler : ma Sœur eſt une Enfant, ét je ne ſongerai pas de ſitôt à la marier... Dailleurs, ce ſerait un mauvais mariage pour vous : je le desirerais peutêtre, en qualité de ſœur de Julie ; mais je dois m'y opposer, comme amie de M. D'Anglesei... Croyez-moi, vous ne ſauriez faire un plûs mauvais mariage; ét je vous avoue, que je ſerais au-deseſpoir de vous le voir contracter. Ne vous attendez doncpas à mon aveu ; car je vous eſtime trop, pour jamais vous le donner-. Ce langage parut à D'Anglesei un effet de la generosité du caractère de Celeſte. Cependant, comme il ne ſ'y était pas attendu, il fut interdit. Son plan lui avait paru tout ſimple; c'était de ſ'adreſſer à Celeſte, pour obtenir la main de Julie, ét d'éprouver Celle-ci dabord, pour ne lui temoigner qu'après le mariage une tendreſſe inexprimable. Mais la façon-de-voir de la Sœur, le força d'avoir recours à un autre moyen. Dès le jour même, il declara ſon amour à Julie, ét il ajouta ſur-le-champ à ſa declaration, la promeſſe ét la perſpective d'un mariage prochain. Madem. Bellardier la cadette fut enchantée: Elle aimait autant D'Anglesei, qu'elle dedaignait Thibaut, dont on lui avait quelquefois parlé, parcequ'il l'aimait, ét qu'il etait riche : elle se fit un merite auprès du Jeune-officier-de-marine de sa franchise ; elle lui laissa voir toute la joie que lui causaient sa declaration, ét l'honneur qu'il voulait lui faire, en la choisissant pour sa compagne : Elle ne songeait pas plûs que lui aux difficultés que sa Sœur pouvait opposer. Une-fois de-concert avec Julie, D'Anglesei s'assura par elle ét par lui-même, qu'il était reellement estimé de Celeste, ét il en eut les preuves les plûs fortes. Dans une occasion, où Celeste reçut d'un M. Dorfeuil, son ancien pretendu, un present considerable, qu'il lui avait envoyé d'Amerique, par un Vaisseau-marchand, ce fut à D'Anglesei qu'elle le confia, pour le prier de faire remettre ce present au Chargé-des-affaires de M. Dorfeuil. Et à cette occasion, elle lui ouvrit son cœur :

—M. Dorfeuil (lui dit-elle), est un excellent homme, un homme aimable ; je ne vous dissimulerai pas, qu'il m'est cher : mais d'importantes raisons m'ont fait rompre un mariage arrété ; je n'étais plus un Parti qui lui convînt. D'où vient, aujourdhui, accepterais-je ses presens ?

Je desire qu'à son retour en France, il épouse une Jeunepersonne digne de lui, ét qu'il garde toute sa fortune pour ses Enfans, si le Ciel lui en donne. Quant à moi, j'ai renoncé au mariage: ét pour ma Sœur qui n'a pas les memes raisons que moi, je me propose de l'engager à rester fille, ou, si elle se marie, à prendre un Homme dans la clâsse des Citoyens obscurs: Tenez, Thibaut, fils de ma Bonne, lui conviendrait parfaitement, precisement par ce qui paraîtrait devoir le faire rejeter. —Thibaut, Mademoiselle! —Oui. —C'est un Sot. —C'est un bon-enfant, ét c'est ce qu'il faut à Julie. —Nous pouvons trouver mieux. —Thibaut sera riche; sa Mère est ma meilleure amie: Je vous en prie, Monsieur D'Anglesei, aidez-moi à faire ce mariage? Un-jour, peutêtre, vous verrez combien j'ai eu raison! —Oui, je vous aiderai à marier Julie, ét le Parti que je lui procurerai vous conviendra. Je voudrais seulement savoir, comment vous pensez sur mon compte, ét si vous avez confiance en moi? —Une parfaite, Monsieur: vous avez toute mon estime: Mad. Thibaut, Adelaïde, ma Sœur pensent comme moi; vous êtes pour nous un Frère, une *Amie*, plutôt qu'un *Ami*;

je ne ſaurais vous exprimer combien je trouve votre caractère admirable ét ſûr-!

Ce langage convainquit D'Anglesei, que ce n'était que par modeſtie ét par generosité que Celeſte avait paru éloigner l'idée de ſon mariage avec Julie. Dans ſes entretiens avec ſa jeune Maîtreſſe, il lui fit paſſer cette opinion, ét il travailla aux preparatifs, bien-ſûr, à ce qu'il croyait, que Celeſte enchantée, à-l'inſtant du mariage, n'aurait plus que les expreſſions de la plûs vive reconnaiſſance. Il ala plûs loin; il ſe fit une fète de la ſurprendre. Pour y parvenir, il lui fit mettre, en bâdinant, ſa ſignature ſur un papier; il écrivit enſuite les bans, ét les porta au Curé de la Paroiſſe; ils furent publiés tous les trois ſans diſpenſe. Ce prealable heureusement terminé, ſans que Celeſte ſ'en doutât, ni même Julie, D'Anglesei craignant ſon extrême confiance dans ſa Sœur, il ala chés ſon Notaire, auquel il donna des articles très-avantageux: il avait trente-mille-livres de revenu, ét quelques eſperances: Il en reconnut quinze à Julie: Il ſtipula que le Dernier-vivant, à-defaut d'Enfans, jouirait pendant ſa vie de la totalité des biens presens. Il partageait ainſi toute ſa fortune avec ſa Bien-aimée, ét il n'avait de plûs qu'elle, que les successions non-ouvertes, parcequ'il ne pouvait pas l'en avantager. Toutes ces operations s'achevaient le jour-même que Nouglans arriva d'Amerique, après une absence qui n'avait été que de six mois.

Dorfeuil, riche negociant, qui avait parcouru les quatre Parties du Globe depuis 12-ans, était arrivé sur le navire dont Nouglans était capitaine; Dorfeuil en était le propriétaire: C'était cet ancien Amant de Celeste, dont l'ame noble ét genereuse ne le cedait en rien à celle du Jeune-D'Anglesei. Le Negociant ne partit pour la Capitale qu'environ huit jours après Nouglans. Dès que ce Dernier fut à Paris, D'Anglesei, rempli de joie ét de confiance, lui declara, qu'il voulait épouser Julie. Nouglans badina, ét lui dit, que le mariage était un engagement serieux, sur lequel il falait beaucoup reflechir avant de le contracter. D'Anglesei entrevit que son Ami le desapprouvait un-peu: mais ne presumant pas qu'il eût d'autres raisons, que le manque de fortune de Julie, son plan fut de tout amener à la conclusion, sans lui en parler, si ce n'est à l'instant-même de la celebration. Les bans étaient publiés, le contrat dressé; il n'y manquait plus que la ſignature : L'on était au matin du jour choisi par D'Anglesei : Le Paſteur, qui était le même pour les deux Futurs, était prevenu, que c'était une Jeuneperſonne ſans fortune, dont il aſſurait le ſort et les mœurs; l'heure était prise entre une ét deux après midi, pour donner le temps de ſe preparer, pour éviter tous les petits obſtacles, ét ſurtout l'éclat, les églises étant alors desertes. C'était pour le lundi 9 ſeptembre 176*. La veille de ce même jour, Dorfeuil était arrivé ; mais il ne ſe presenta, chés Mad. Thibaut, que le lendemain dès le matin, à-l'inſtant où D'Anglesei venait d'écrire à Julie, pour demander une explication, après laquelle, il inſtruisit Nouglans de ſon projet de mariage.

4 §. Il n'était que ſept heures, ét l'on ouvrait la boutique de Mad. Thibaut, quand Dorfeuil ſe presenta.. Mais il faut auparavant que d'exposer le tableau dramatique de cette journée, faire connaitre davantage, ét Dorfeuil, ét Celeſte, ét Julie, ét D'Anglesei, ét Nouglans, ét la jeune Adelaïde, ét ſon Fils, ét Mad. Thibaut, par le récit de ce qui a precedé leur connaiſſance.

HISTOIRE DE CELESTE AMANCOUR.

Celeſte Amancour, aujourd'hui connue ſous le nom de Madem. Bellardier, était fille d'un pauvre Gentilhomme, qui avait épousé par inclination la Fille d'un Layetier, espèce de Menuisier, qui fait des caisses, des chaufferettes, ét des ratières. M. Amancour était alors attaché à un Prince-du-sang. Rose Simar (c'est le nom de la Jeunefille, était une des plûs jolies Grisettes qu'il soit possible de voir: mais ce ne fut pas sa beauté proprement dite, qui tourna la tête de M. Amancour, ce fut sa marche legère, ét la perfection de sa jambe. Elle alait travailler chés une Sœur-aînée, marchande Fourreuse, rue Daufine; ét tous les dimanches ét fêtes, entre une heure ét deux, elle venait voir son Père ét sa Mère: M. Amancour la rencontra, ét ayant remarqué l'heure, il se trouva exactement sur son passage: Il la suivait, en l'admirant, ét en la louant. La Jeunefille le regardait du coin-de-l'œil, ét le trouvant joli garson, elle fut flatée de sa conquête; elle desira de le faire expliquer. Pour y parvenir, elle se plaignit à ses Parens. Le Layetier, le Fourreur son gendre, ét un Garson de chaque profession, suivirent, un-jour d'Assomption, la belle Rose, qui, plûs parée que de coutume, ét surtout chaussée d'un goût exquis, trotait sur le pavé sans paraître le toucher. M. Amancour la guettait; il la suivit, en lui adressant à voix-basse, quelques complimens, qui firent rougir la Belle, comme la fleur dont elle portait le nom. M. Amancour n'y put tenir; il l'aborda, la salua, ét lui demanda la permission de l'accompagner chés son Père. En ce moment, le Layetier s'approcha seul. —Que voulez-vous à ma Fille, Monsieur? —Je lui demande, Monsieur, la permission de l'accompagner chés vous. —Et que voulez-vous me dire? —Ce que je me propose d'offrir à Mademoiselle, depuis longtemps. —Et que voulez-vous lui offrir? —Le mariage: je n'aurai jamais d'autre femme qu'elle; je m'en suis fait le serment depuis deux mois. —Monsieur, (reprit alors le Layetier), ceci demande reflexion: Alons à la maison, ét là, nous nous expliquerons à notre aise. Cependant comme la reputation d'une Jeunefille est delicate, quittez-la; nous approchons du quartier, ét il faut qu'elle y paraisse seule, suivant sa coutume; nous entrerons après, vous, mon Gendre ét moi-. M. Amancour salua Rose, ét la laissa preceder; il la suivit, en s'enivrant du plaisir de la voir.

Arrivé à la maison de sa Maîtresse,

il se fit connaître, dîna chés les Parens de Rose, fit arrèter le jour du mariage, ét ne sortit que pour en précipiter les apprêts. Ils ne durèrent que quinze jours. M. Amancour fit approuver son mariage, en montrant Rose, sans dire sa condition, qui ne fut connue du Prince qu'après le mariage, ét il épousa la jolie Simar.

Il était ivre de joie ét de tendresse; jamais exultation n'égala celle de ce Nouvel-époux: Rose, passionnement aimée, repondit à la tendresse de son Mari, par une tendresse égale; c'étaient deux amans plutôt que deux époux; ét jamais leur attachement ne diminua. Il est vrai que le genre de perfection de la beauté de Rose, était de celui qui ne change que très-peu, parcequ'il consiste dans la belle conformation, ét surtout dans la forme provocante du pied le plûs mignon, ét de la jambe la mieux-faite: Sa Mère, qui avait alors quarante-huit ans, avait eu les mêmes avantages, ét les conservait encore; la Sœur-aînée, à 36 ans, était provoquante. Ces raisons avaient même contribué dabord au goût de M. Amancour: En voyant cette Famille de Belles, il s'était dit: —J'aurai une Femme que je pourrai aimer toute-ma-vie-.

Ce fut dans le premier delire de la passion, qu'aubout d'environ six mois, Rose devint enceinte. Elle accoucha d'un Fils. M. Amancour fut ivre de joie: Cet Enfant était d'une beauté ravissante. Mais (ét il faut l'apprendre aux Parens), tous les Enfans nés d'une passion extrême, sont ou faibles, ou effrenément portés à l'amour, ou cruels, en-un mot, vicieux: c'est-à-dire, qu'ils sont extrêmes en-tout, comme la passion qui leur a donné l'existance. Il faut donc à ces Êtres une éducation très-attentive ét très-sage, si l'on veut preserver la Société d'un Citoyen nuisible, ét lui donner quelquefois un Grand-homme, aulieu d'un Scelerat. Nous en sommes tous logés-là, faibles Mortels! notre temperament vient de la disposition de nos Parens au moment de notre conception: Un Bâtard est ordinairement vicieux, parceque sa formation a presque toujours été la suite d'un delire de libertinage ou d'amour, accompagné, soit de brutalité, ou d'exaltation, ou de corruption, ou de crainte.....

Le petit Amancour fit d'abord les delices de sa Famille; tout-le-monde le voulait avoir: c'était une fête, chés le Grandpère maternel, quand on y porrait ce precieux Enfant! Un Gentilhomme! La Tante la Pelletière ne l'obtenait que comme une grâce. Cependant, il était entêté, mutin, volontaire, criard, mechant, cruel: A trois ans, il étrangla un petit Chien, qu'on lui avait donné pour s'amuser: Quelque-temps après, il jeta par la fenêtre, un joli Chat, ét la Mère qui l'alaitait. Il ne fesait aucune grâce aux Oiseaux; on était obligé d'éloigner les cages, parceque son grand plaisir était de plumer vivans les Sereins, ét de les faire manger au Chat.

Deux ans après la naissance de ce petit Tigre, Mad. Amancour avait mis au monde une Fille: On la nomma Celeste, à-cause de son air angelique; ét elle fut bien nommée! Cette Enfant eut toute la douceur, toutes les bonnes dispositions, qui manquaient à son Frère: son lot, en vertus, fut doublé: heureuse, si elle avait pu être moins parfaite, ét communiquer quelques-unes de ses qualités au Monstre, qui doit empoisonner ses jours!

Les deux Enfans grandirent: le vicieux Amancour n'en fut pas moins gaté quoiqu'il fût vicieux; sa Mère l'adorait; mais elle ne fut pas injuste envers Celeste; elle la cherissait. Lorsqu'Amancour lui donnait quelques chagrins, ce qui arrivait ſouvent, cette Mère trop-bonne, venait les calmer, en recevant les careſſes enfantines de ſa jolie Celeſte. Il eſt impoſſible de rien imaginer de plûs aimable, de plûs touchant, de plûs provoquant à-la-fois, que Celeſte Amancour, à l'âge de treize ans. Outre toutes les perfections de ſa Mère, elle avait une figure ſi douce, ſi noble, d'un charme ſi penetrant, qu'on ne pouvait la voir ſans l'adorer. Il ſe presenta un Parti avantageux: c'était un des Gentilshommes du Prince. Mais il était veuf, âgé; il paſſait pour un libertin: La Mère de Celeſte ſentit de la repugnance à ſacrifier la jeuneſſe d'une Fille auſſi belle, dont l'âme était auſſi pure, à l'aſſouviſſement des fantaisies d'un Homme corrompu: elle engagea ſon Mari à refuser. Ce fut un Ennemi.

Cependant Amancour avait quinze ans. Il avait fait d'aſſés mauvaises études, parce-qu'il était indomptable: On le mit dans le ſervice: Il ſ'y comporta mal: Il était tout-à-la fois lâche ét querelleur. Son Père comprit alors, qu'il avait un très-mauvais-ſujet, ét ſon mecontentement alà au-point, qu'il fut au-deseſpoir d'avoir un Fils. (L'Infortuné ! il en avait été si longtemps ivre de joie !) Il voulut alors le reprimer. L'Indigne leva la main sur son Père... ét il falut dissimuler, ou le perdre. On prit le premier parti: une Mère, une Sœur en larmes, demandèrent sa grâce... On pouvait le faire renfermer : mais c'est un autre abus, ét il serait infiniment preferable d'aneantir le prejugé qui flêtrit les Familles, par la punition d'un Mauvais-sujet, que de l'enfermer, ét de le nourrir dans l'inaction, la rage, le desespoir, qui en font un Tigre. M. Amancour-pere crut devoir recourir à ce moyen, pour une autre faute. Son Fils fut enlevé, au-milieu de la nuit, ét conduit dans une forteresse. Mais sa Mère ét sa Sœur obtinrent bientôt sa grâce. Amancour, en sortant de cette cruelle école, paraissait changé; mais non, il avait un vice de plûs, l'affreuse dissimulation ! Il avait appris là, non à se surmonter, mais à concentrer sa rage : ce fut-là qu'il apprit à ne pas regarder la mort comme le plûs grand des maux, ét qu'il conçut l'horrible projet de faire mourir son Père de douleur ét de honte ! Mais arrêtons encore un-moment nos regards sur des images plûs-douces.

Dans ce même-temps, Mad. Amancour, qui depuis feize-ans n'avait pas été mère, redevint groffe. Ce fut une grande joie dans la maison: Le Père regardait Amancour comme un fujet perdu; il efpera un fecond Fils, qu'il fe proposa de bien élever: Mad. Amancour eut le même efpoir, ét Celefte elle-même était comblée, en penfant qu'elle aurait un jeune Frère, qui la dedommagerait des duretés de l'Aîné. Car elle avait eu fouvent à fouffrir de lui, quoiqu'elle l'eût toujours caché. Dans fa jeuneffe, il lui donnait en-traître des coups, capables de la bleffer: jaloux de l'affection qu'elle infpirait, des louanges qu'on donnait à fa beauté, le Monftre chercha même à la defigurer, en fubftituant de l'eau-forte à de l'eau cofmetique, dont il lui avait fait present, mais dont heureusement elle ne fit aucun usage: Celefte taisait toutes ces atrocités, ét peutêtre fesait-elle mal; il faut demafquer les Mechans; c'eft une action fainte ét vertueuse, que de les faire connaître, pour en preserver les Innocens: On peut donc louer la bonté de Celefte, vertu fi rare ét fi effencielle aux Femmes; mais en convenant, qu'elle ne fut avantageuse qu'à elle-feule.... Aulieu d'un Fils, ce fut à une Fille que Mad.

Amancour donna la vie. Le ſexe de cette Enfant changea un-peu les idées, ét augmenta l'indulgence pour un Mauvais-ſujet fils unique.

Ce fut à cette époque, environ un mois après le retabliſſement de Mad. Amancour, qu'un Jeunehomme, auſſi aimable que vertueux, ſe presenta pour Celeſte. Celui-ci fut agreé par les Parens, ét ne deplut pas à la Jeuneperſonne. Il était noble ét riche: Il rendait ainſi à Celeſte tout ce qu'elle avait perdu par la condition obſcure de ſa Mère. On arrêta les articles, mais ſur les vives inſtances de Madem. Amancour, on remit le mariage à deux années. Dorfeuil en fut très-fâché! mais quoique la belle Celeſte lui eût avoué qu'elle l'aimait, il ne put lui faire abreger le terme: —C'eſt autant pour vous que pour moi (lui disait quelquefois Madem. Amancour): Examinez, pendant cet intervale, ſi je n'ai pas des imperfections qui puiſſent un-jour vous deplaire, afin que ſi, lorſque vous m'en aurez avertie, je ne parviens pas à m'en corriger, vous vous retiriez: car il vaut mieux ne pas ſe lier, que ſ'en repentir-!

5 §. Les deux années ſ'écoulèrent: Dorfeuil touchait au terme desiré; Celeſte ne demandait pas de prolongation;

on était presqu'à la veille, quand un bruit, incertain dabord, mais qui alait en croissant, annonça le plûs terrible des malheurs...

M. Amancour-père, en voyant qu'il n'avait pas un second Fils, avait réüni toutes ses esperances dans Celui dont il redoutait les mauvaises dispositions. Pour le contraindre, ét lui donner un frein, il le fit entrer au service du Prince, à sa place, ét pour lui, content d'une retraite honorable, il resolut de vivre tranquile au sein de sa Famille. Amancour placé, à-même de s'avancer, parut dabord reprimer ses mauvaises inclinations: mais ce ne fut que pour s'y livrer ensuite avec plûs de fureur. Le jeu ét les femmes le mirent dans la detresse; il avait mis en gage, ou vendu ses bijous ét ses effets les plûs precieux: Le Miserable voulait cependant paraître: Il mande un Bijoutier, qui malheureusement vint le trouver, trôp bien garni des choses du plûs grand prix: Tout tenta le prodigue Amancour: Il se fit laisser, à-credit, en abusant d'un nom respectable, pour centmille livres de bijous. Dans la même journée, il en vendit une partie, ét le lendemain, à-midi, quelques-uns de ces effets precieux étaient deja retournés, de la troisième main, à Celui qui les avait fournis! Le Bijoutier fut effrayé, en voyant qu'on l'avait trompé sur la destination! Il se rendit chés Amancour. Le malheureux Jeunehomme menacé, se livra, dans un moment de crainte, à toute la ferocité de son caractère: Il jete les ieux autour de lui, ét se voyant seul, il crut que le crime serait ignoré... Il est trop horrible pour en faire le recit...

Après avoir immolé sa Victime, il voulut s'en debarrasser: Il la porta dans un endroit propre à la transporter la nuit suivante. Mais le Bijoutier n'était qu'évanoui, le sang s'était arrêté. Il revint lui-même, ét poussa des soupirs qui furent entendus: Avant l'heure à laquelle Amancour devait revenir, il fut decouvert ét secouru. Il nomma le Coupable. On garda le silence; mais on instruisit le Prince; qui leva la sauvegarde de son Palais, dont l'Assassin était indigne. Amancour revint le soir: Il chercha, mais il ne trouva rien. Epouvanté, il voulut fuir: les issues étaient fermées. Il se cacha, ét l'on fut trois jours sans le decouvrir: Ce ne fut que la quatrième nuit, qu'étant sorti pour avoir de la nourriture, il fut surpris dans l'endroit où il en avait deja trouvé deux-fois: On s'en etait aperçu, ét on l'avait guetté. Il fut pris.

Mais pendant les trois jours, son crime ne produisit qu'une rumeur sourde, qui ne parvint qu'obscurement à la maison-paternelle, parceque le silence avait été recommandé. Dorseuil était auprès de Celeste, quand on en eut la première nouvelle. Elle fremit, elle pâlit, elle perdit connaissance. Son Amant effrayé voulut savoir la cause... Il l'apprit avant l'infortunée Famille...

Parfaitement instruit, il vint retrouver Celeste : —Je vous estime, je vous adore (lui dit-il): Marions-nous sur-le champ ; demain, peutêtre, il serait trop tard. —Pourquoi ? —Votre malheur est reel, mais vous n'e m'en étes que plûs chère, plûs respectable ! Mon adorable Amie ! si c'est un sacrifice, que je vous le fasse-!... Celeste ne repondit rien : Elle esperait que son Père, homme estimé, cheri, qui avait honoré la place honorable qu'il avait occupée auprès du Prince, aurait assés de credit pour faire-éviter l'échafaud à son Fils. Mais tous les malheurs accâblèrent à-la-fois cette infortunée Famille...

Lorsque la nouvelle du crime d'Amancour fut certaine, que le Coupable fut-arrêté ; qu'il eut écrit à ses Parens, se malheureux Père perdit la raison, ét fut incapable d'aucune demarche : La Mère, frappée au cœur, tomba évanouie, ét ne vecut, que jusqu'au moment où elle entendit crier l'arrét de son Fils : Elle expira de douleur..

Cependant son Epoux en delire, riait, pleurait, s'égarait, revenait à lui, mais pour rendre sa situation plûs dechirante : —Mes Amis ! mes Amis ! (s'écriait-il), lorsqu'il avait quelque lueur de raison), dites, dites-moi?... ai-je encore de l'honneur-!... Le jour de l'execution de son Fils, il entendit crier l'arrêt, ét de ce moment, il ne recouvra plus sa raison ; il devint même furieux, ét il falut le contenir, en le liant. Cependant l'extrême tendresse de sa Fille-aînée lui conserva la vie... Elle ne l'abandonna pas à des soins étrangers ; elle supporta ses fureurs, ses coups ; ét ne le mit en pension, que lorsqu'elle le vit dans une imbecillité tranquile.

Dans les premiers jours de cette terrible situation, Celeste fut obligée de sortir, pour rendre à sa Mère les derniers devoirs : Ni Mad. Thibaut, ni Dorfeuil ne lui pouvaient éviter cette peine ; puisque tous-deux étaient occupés auprès de M. Amancour. Pendant les 3 jours du procès de son Frère, Madem. Amancour avait vu autour d'elle ses Connaissances ét ses Voisines, qu'elle nommait ses Amies: mais dès que la terrible barre eut frappé les onze coups mortels, tout le monde l'avait abandonnée; elle était seule, en proie à la douleur, à la honte, au desespoir... Quel sort, pour une Fille aussi belle, que vertueuse ét sensible!... Elle fut donc obligée de sortir, pour aler avertir à la Paroisse... Elle n'eut pas fait dix pas dans la rue, ensevelie sous sa calèche, qu'elle fut reconnue par une Femme-du-peuple, qui la nomma: Celeste avait toujours été bonne, compâtissante; mais elle était belle; sa *mise* recherchée fut toujours d'un goût exquis, ét ces avantages precieux ne se pardonnent jamais: On se la montra; on la suivit: Elle s'en-aperçut à-peine, en alant: mais au retour, elle fut environnée: une Poissarde eut l'audace de lui arracher sa calèche, pour la voir à visage decouvert: —Et montre-toi donc, la Belle-enfant! Pardi, tu ne feras pus tant la Sucrée, aven ton petit air doucereux!... —I' faut la marier avec un Garson-boucher! —Hâ bén-oui, d'l'échaudoir, qui lli tapotera ces belles joues-! (ce que fit Celle qui parlait.) Dans cet instant cruel, Celeſte vacillant de honte, hors d'elle-même, entrevit, dans un carroſſe-de-place, Une de ſes Amies, qui, trois jours auparavant, avait eſſuyé ſes larmes; elle lui tendit les mains, en la ſuppliant de la recevoir!.... Le croirait-on? cette Femme leva la portière, en disant: —Que me veut donc cette Malheureuse? je ne la connais pas-! Cependant Celeſte, tiraillée par des Poliçons (car il n'eſt pas d'Êtres plus cruels que les Garſons de 12 à 16 ans, malgré cette bonté-native que J.-J. a ſi gratuitement departie à l'Homme *), Celeſte parvint à ſa porte ſes habits dechirés, ſa calèche ét ſon mantelet arrachés. On fut obligé de fermer la porte-commune, après l'avoir introduite dans la maison...

Arrivée auprès de ſon Père, alors furieux, ét lié dans ſon lit, l'Infortunée tomba évanouie. M. Amancour ſembla recouvrer un moment ſa raison, en la voyant tomber : tandis qu'on la ſecourait, ſes larmes coulèrent; il tenait les ieux fixés ſur elle. Revenue à elle-même, Celeſte raconta ce qui lui venait d'arriver : Son Père paraiſſait l'écouter;

* L'Auteur de cette Anecdote le ſait par experience : Depuis deux ans, il eſt journellement inſulté par les Garſons de la Populace de l'Ile-Saintlouis, ſans qu'il y ait moyen d'en empècher.

peutêtre l'entendit-il parfaitement. Il poussa un profond soupir, lorsqu'elle eu cessé de parler, se recueillit un-instant; ét fesant ensuite un puissant effort, il rompit ses liens, se precipita du lit, ét se brisa la tête... On lui sauva la vie, mais il resta en enfance...

Celeste aurait succombé au-desespoir, à l'effroi que lui donnaient ces scènes d'horreur; mais on lui parla de Julie, sa petite Sœur, encore au berceau; on lui representa le besoin qu'avait d'elle cette Enfant: Dorfeuil était aimé, il fut persuasif: Toujours également tendre, également devoué, il n'abandonna pas Celeste un-instant: La Femme Thibaut, veuve dès-lors, employa tout son credit sur l'esprit de sa jeune Maîtresse, pour la consoler: La reconnaissante ét raisonnable Celeste surmonta non la douleur, mais le desespoir! Enfin parfaitement retablie, sa delicatesse la fit songer à faire un sacrifice douloureux!...

Un matin, que Dorfeuil était accouru chés elle, il la pressa de quitter son nom, pour prendre le sien. Celeste baisse la vue, ét soupira: —Monsieur, lui dit-elle, vous êtes gentilhomme; nous aurions des Enfans.... Ne soyons pas les plûs cruels ennemis de nos Enfans! quittons-nous, ne nous voyons plus; choisissez une Epouse sans tache; le vif intérèt que je prens à vous, m'oblige à vous donner ce conseil, ét à vous dire, que rien ne pourra jamais me faire changer d'idée-. Dorfeuil combatit cette resolution cruelle par toutes les raisons que lui suggerèrent l'amour, la douleur, ét le bon-sens.

—Je vous adore, je vous aime, je vous estime (dit-il à Celeste): vous êtes pour moi la Femme unique: Mais ceci ne regarde que moi.. J'ai des principes, ét d'après ces principes sûrs ét solides, je serai louable aux ieux du monde de vous épouser. Je regarde la punition, comme une satisfaction complette, donnée à la Société: c'est un monstrueux abus que le Puni lui-même soit deshonoré; à-plûs-forte-raison les Innocens, qui ne le touchent que par un point: Que le Coupable en-fuite, poursuivi par la loi, soit infame; que le Scelerat d'habitude, qui fait un metier du vol, de l'assassinat, soit infame, même après sa mort, parce qu'il n'a qu'une vie, ét qu'il en a ôté plusieurs; cela est juste: mais qu'on distingue entre les Coupables: Que le Meurtrier, que l'Assassin-même ne disent pas, —Je n'ai plûs rien à perdre-! que la peine soit aggravée, ainsi que le deshonneur, l'infamie, à-proportion du nombre des crimes ét de leur atrocité; surtout, que dans aucun des cas possibles, l'innocente, la vertueuse Sœur d'un Monstre ne soit flétrie pour un crime étranger, dont elle a horreur!... O ma chère Celeste! marions-nous!.... Il est un moyen de nous cacher! Votre Grand'mère paternelle s'appelait Bellardier: prenez ce nom; que le vôtre soit oublié... Je suis riche, renonçons à toutes les successions qui pourraient à-l'avenir, renouveler un souvenir dechirant... Voulez-vous que je vous dise ce que je viens deja de faire? J'ai perdu ma Sœur, la petite Julie... Considerant la peine où vous ètes; desirant que jamais votre aimable Julie ne puisse connaître l'échange, si vous ne le vouliez, j'ai fait.... inhumer ma Sœur, sous le nom de la vôtre.. Ne vous alarmez pas, ma chère Celeste! je sais que c'est un faux: mais je suis le seul interessé: c'est moi seul qui partagerai un-jour ma fortune avec elle, ét qui, par cet innocent artifice, pourrai lui procurer un mariage avantageux.... Cependant, ma chère Celeste, ne lui en parlons pas encore! qu'elle soit élevée auprès de vous, ét par vous, comme étant ce qu'elle est veritablemeut ritablement! Je n'entens pas vous ôter votre Sœur, la douceur de l'aimer, d'en être aimée, cherie, respectée; j'aurais pu me taire, ét vous tromper: En retirant les deux Enfans de nourrice, il y a quinze-jours, je les ai fait placer chés une Femme qui ne les connaît pas; il y a longtemps que vous n'avez vu votre Sœur; vous n'auriez jamais su l'échange: mais je vous honore trop, pour vous mentir dans la moindre chose, même dans la vue de vous servir... La Julie qui vit est votre sœur: elle ne sera la mienne, que lorsque nous aurons uni notre sort; elle ne sera la mienne, que pour ne pas éprouver la douleur où vous êtes plongée-. Il se tut. Celeste était concentrée: Ses malheurs se retracèrent si vivement à son imagination, qu'on fut obligé de la mettre au-lit...,

6 §. Pendant la nuit, elle eut de la fièvre, ét le delire. Le matin, Dorfeuil fut introduit auprès d'elle, par Mad. Thibaut. Celeste ne le reconnut pas: Elle l'éloigna, le repoussa, en lui disant le mot cruel de l'Amie, qui l'avait meconnue: —Que me veut donc cet Homme! je ne le connais pas-! On craignit pour une aliénation totale! Dorfeuil s'éloigna. Celeste lui renvoya des presens

qui lui étaient bien chers, ét ſurtout ſon portrait ; elle defendit à la Femme Thibaut de le recevoir ; elle n'ouvrit pas ſes lettres; ét elle l'adorait!... —Plûs je l'aime, dit-elle un-jour à Mad. Thibaut, plûs je ſaurai le preserver de l'abîme, où il veut ſe plonger-!

Lorſqu'elle fut un-peu plûs tranquile, ſa delicateſſe extrême lui fit ſ'imposer une autre obligation : ce fut d'abandonner tout ſon patrimoine à la Famille du malheureux Bijoutier. Elle envoya Mad. Thibaut en faire la proposition : Cette Femme fut très-mal reçue par la Veuve ; on lui dit des injures: Il lui était recomandé de tout ſouffrir : Des Parisiens, dans le commerce ſurtout, ne conçoivent guère comment on peut étre genereux! Celeſte éconduite, fit parler à cette Famille, par un Prêtre, qui eut beaucoup de peine à obtenir quelqu'attention. Enfin on l'entendit, ét l'étonnement ſucceda! Celeſte donnait tout ce qui lui appartenait en-propre, ſans en rien reserver, pas même ún don particulier, qu'elle tenait d'une Parente de ſon Père, vieille fille morte dans le celibat; elle ne gardait que la portion de ſa Sœur, qu'elle ne pouvait donner. Cet acte, peutêtre de juſtice, mais dont ſi peu de Perſonnes ſont capables, fit ouvrir enfin les ieux à la Veuve ét aux Enfans du Bijoutier ; ils acceptèrent, mais vivement pressés, ét en marquant de l'estime pour Celeste. Dorfeuil n'apprit qu'après-coup ce qui venait d'être fait, ét penetré d'admiration pour Celle qui était le choix de son cœur, il lui voulut abandonner le tièrs de sa fortune: Mais comme il falait l'acceptation de Celeste, la donation ne fut jamais validée. Dorfeuil prit alors un autre parti: A-l'imitation des Gentils-hommes anglais, il resolut de commercer; destinant tout le profit de son commerce, à faire un-jour une ressource à Celeste ét à Julie, au nom desquelles fut embarquée toute la pacotille. Il partit pour Lehâvre dans cette resolution, persuadé que le temps affaiblirait la douleur de Celeste, ét diminuerait son éloignement pour un mariage qu'elle croyait indigne de lui. Ses vues s'étendaient plûs loin : il devait, en cas de reüssite, lui proposer de se fixer, soit en Amerique, soit dans une Ile du Globe qui lui conviendrait davantage, s'il decouvrait un de ces charmans sejours, dont parlent si frequemment les Voyageurs. Enfin, c'était pour ne rien negliger de ce qui pouvait être utile par-la-suite aux Demoiselles Amancour, qu'il avait, par excès de precaution, lors de la mort de sa jeune Sœur, arrangé les choses de-manière, à pouvoir mettre Julie à ſa place. Laiſſons aler Dorfeuil dans le Nouveau-monde, ét ſuivons la conduite de Celeſte.

Elle n'avait plus que le tièrs de ſa fortune: Elle retrancha toute eſpèce de luxe, ſe borna au plûs étroit neceſſaire; quitta ſon quartier, ſa maison, qu'elle avait abandonnée à la Famille du Bijoutier, ét ala ſe cacher au Marais, dans la petite rue de-Normandie, près la rue Saintonge. Là, par deference pour les conſeils de M. Dorfeuil ét de Mad. Thibaut, elle prit le nom de Madem. Bellardier, ſe procura des Elèves, pour les mœurs ét l'ouvrage. Lorſqu'elle fut ſolidement établie, elle retira la petite Julie ſa ſœur; ét quoiqu'elle n'ignorât pas la ſingulière precaution du genereux Dorfeuil, elle oublia de faire rectifier l'acte qui mettait Julie dans la Famille de cet Ami zèlé. Elle demeura 5 ans dans le Marais, aſſujetie au penible travail qu'exige une Inſtitution nombreuse: Mais à la fin de la cinquième année, les choses changèrent de face, au-moyen d'une ſucceſſion inattendue, que recueillit Mad. Thibaut. C'eſt le moment de parler de cette Femme, ét de la faire connaître.

7 §. Monique D'Auboin était fille d'un Marchand-de-draps, qui perdit une bonne Epouse aubout de ſix années

de mariage, ét qui ne put lui survivre; il traîna environ dixhuit mois une vie languissante, ét mourut de douleur, laissant orfeline une Fille-unique très-delicate, âgée de cinq à six ans. Un Oncle-paternel fut le tuteur de la Petite: Cet Homme avait alors des Enfans: Il ne crut pas que sa Nièce dût vivre, ét il agit en proprietaire de sa fortune. Il commit le crime de la faire passer pour la Fille naturelle d'une Domestique... faux bien-different, par ses motifs, de celui du genereux Dorfeuil!... Il negligea son éducation; ét vers l'âge de douze ans, la voyant se fortifier, il eut soin qu'elle fût assujetie à tous les ouvrages bas de la maison, qui la pouvaient abrutir: Elle était-veritablement servante: son Oncle avait tous les titres de sa propriété; il fit ensorte qu'elle ne pût en recouvrer aucun, ni connaître son état. Lorsqu'elle eut environ dixhuit ans, aulieu-de chercher à l'établir, il la fit placer en service chés M. Amancour, avertissant ses nouveaux Maîtres, qu'elle n'avait rien du-tout à pretendre de sa Mère, la Servante n'ayant rien laissé. Dans cet état de bassesse, son Oncle, qui voulait consommer son injuste projet, la fit rechercher en mariage par son Emballeur, nommé Thibaut, garson d'une asses jolie figure, mais borné. Monique, qui était bonne, ſans être ſote, ayant ſu par ſes Maîtres, que ce mariage fesait plaisir à ſon Oncle, qu'elle regardait comme ſon ancien maître, elle le contracta ſans repugnance. M. ét Mad. Amancour approuvèrent ce mariage, qu'ils conſideraient comme un bonheur pour elle, Thibaut étant laborieux, ét bon-ſujet ſurtout: Ils ignoraient la trame de l'Oncle, qu'ils croyaient honnête-homme.

Voila donc Monique mariée à une ſorte d'Automate, qui dependait abſolument de M. D'Auboin l'oncle: les deux Nouveaux-époux vecurent tranquiles dans leur neant, beaucoup plûs-heureux que ſ'ils euſſent-eu de la fortune ét de l'ambition. Monique ignorant ſes droits, elle ſe crut heureuse de reſter en ſervice; elle ne desirait rien; elle aimait ſon Mari, ſon Oppreſſeur, ſes Maîtres ſurtout, ét leurs Enfans: Elle ſe regardait comme de leur Famille.

Il faut convenir que la conduite de M. ét Mad. Amancour était bien propre à leur acquerir une Domeſtique toute-devouée: Ils lui parlaient avec bonté, avec conſideration méme: Elle avait ſa place à leur table après avoir ſervi: Celeſte lui aidait, dans quelques petits details, ét Mad. Amancour dans d'autres. Elle était des parties de promenade ét de ſpectacle ; en-un-mot, ſon ſervice était d'une Aide honorable, ét non d'une Servante. Auſſi comme elle cheriſſait toutes la Famille Amancour !... Il faut pourtant convenir, qu'il n'en ſerait pas de-même avec toutes les Filles-domeſtiques : Celle-ci, outre qu'elle était de Famille honnéte, avait une bonté-d'âme vraiment admirable !

Lorſque le terrible malheur arriva, elle était veuve depuis un an, ét ſon Fils en avait deux ou trois. Elle ne forma pas alors le projet de le donner pour mari à la petite Julie ; outre que ces Enfans étaient trop-jeunes, elle ignorait qu'elle dût avoir un ſort à lui offrir. Mais dès qu'elle eut de la fortune, loin de rougir de ſes Maîtres, elle leur demeura fidèlement attachée ; elle porta la bonté-d'âme, le devoûment au-point de ſ'exposer aux bourades, pour aler juſqu'au Coupable expirant, ét lui donner quelque conſolation : on reſpecta ſes motifs, quand elle les eut exposés, ét le Confeſſeur lui facilita le triſte avantage de dire deux mots à l'Infortuné... Elle recueillit ſes dernières paroles, qui furent de repentir, de regrets, de deseſpoir, de pardon demandé à ſon Père, à ſa Mère... Hélas! ils ne purent les entendre! l'Une venait d'expirer; l'Autre avait perdu la raison...

Celeſte fut abandonnée de tout le monde, mais non de ſa fidelle Thibaut, dont l'âme élevée dementait la condition à laquelle un Oncle barbare l'avait reduite: —Laiſſez-moi le bonheur de vous ſervir! (disait-elle à Celeſte): laiſſez-moi m'honorer moi-même par mon devoûment: Vous dites que vous avez perdu l'honneur: hâ! il eſt donc retombé ſur moi; car je me ſens doublement honorée de mon attachement pour vous-... Des ſentimens auſſi nobles touchèrent l'infortunée Celeſte; elle ſe laiſſa ſervir par Mad. Thibaut, en-la traitant non comme une Domeſtique, mais comme ſa Sœur.

Telle était la ſituation de Celeſte ét de la Veuve-Thibaut, lorſque l'Oncle de cette Dernière vint à perdre ſes deux Enfans, garſon ét fille: Il en fut au deseſpoir! c'était pour eux qu'il avait été injuſte, mais il ne ceſſa pas de l'être, parcequ'il craignait la honte attachée à ſon injuſtice: ſe ſentant ſuccomber à ſa douleur, il fit un teſtament, qui mettait toute ſa fortune entre les mains d'un Parent éloigné, qu'il chargea de veiller à ce que ſa memoire ne fût pas deshonotée. Il mourut. Mais par un ſingulier bonheur, Mad. Thibaut ala conſulter un Avocat de la rue des - Bernadins, nommé R—bert, honnête-homme, ét plein d'ardeur pour obliger les Infortunés : Cet Homme éclairé voulut tout voir par lui-même, ét il ne lui fut pas difficile d'entrevoir la fraude : Il força le Legataire à lui communiquer tous les titres ; il les tira de chés les Notaires, ét decouvrit la verité. Les choses étaient ſi claires, que Perſonne ne conſeilla au Legataire de plaider : la Veuve Thibaut retira tout ſon bien, qui, avec les interêts accumulés produisit une valeur de centcinquantemillelivres : Elle eut, pour ſa portion, la maison de la rue des-Bourdonais, une boutique achalandée, ét les marchandises, avec quelques autres biens ; ét pour ne pas plaider, elle declara, d'elle-même, que reſpectant le teſtament de ſon Oncle, tout injuſte qu'il avait été à ſon égard, elle entendait ét voulait que ſon Legataire eût toute la fortune legitime du Teſtateur. Ce desintereſſement ſublime excita l'admiration de quelques Perſonnes, qui le ſurent, ét la Veuve-Thibaut, avec ſa fortune, ét la nobleſſe de ſon âme, ſ'éleva plûs haut, que ſi on lui avait accordé des honneurs ét une courone-de merite. Elle resta domestique de Celeste...

Cependant, elle fit recevoir son Fils marchand; elle l'établit dans la boutique, qu'elle était en-état de gouverner; elle engagea Celeste à venir dans sa maison, où les appartemens étaient beaux ét commodes; elle servit de portière, en donnant le passage par sa boutique, ét méme par son sallon: Elle n'eut point d'autres Locataires: Celeste ét ses Elèves occupèrent toute la maison: Ce qui la rendit plûs convenable pour une Institution de Jeunespersonnes: Car Celeste avait pour élèves les Filles de la meilleure Bourgeoisie, ét même quelques Demoiselles, surtout des Protestantes: Quoique catholique, cette respectable Institutrice éduquait chaque Elève suivant l'intention des Parens qui la lui avaient confiée, ét le dimanche, elle les envoyait toutes, à-l'exception des Orfelines, à la maison-paternelle, pour y remplir leurs devoirs religieux exterieurs sous les ieux de leur Famille: Elle avait encore un autre motif, pour envoyer ses Elèves chés leurs Parens, passer un jour, ou même deux, s'il se rencontrait une féte: elle avait observé, que l'éducation étrangère, en-commun, detachait les Enfans de leur Famille, ét les rendait égoïstes, moins propres au mariage : elle fesait part de cette reflexion à chaque Mère, qui lui confiait sa Fille, ét offrait la diminution du prix, pour ces jours d'absence. Beaucoup de Mères l'avaient embrassée avec transport, en-nommant sa conduite noble ét genereuse : Quelques-unes cependant n'avaient pas accepté, par des raisons particulières ét valables; mais les Protestantes alaient toutes, sans exception, passer les dimanches dans leur Famille.

La situation de Celeste n'était pas malheureuse, depuis la fortune de Mad. Thibaut, quoique Madem. Bellardier ne reçût rien d'elle : Sa Pension, dans un beau quartier, augmenta considérablement : c'était Mad. Thibaut qui recevait les paiemens, ét qui donnait les quittances, signées de Celeste, par ce nom seul : Il n'y avait pas de Domestique dans la maison, ét c'était un des plûs precieux avantages de cette Institution : Les Jeunespersonnes se suffisaient à elles-mêmes en santé; malades, elles étaient servies par leurs Compagnes ét par leur Maîtresse, aidée de Mad. Thibaut : Chacune d'elles presidait à son tour à la cuisine, fesait à son tour les achats; mais elles ſortaient toujours deux, ét l'heure du retour était fixée. La Maitreſſe ne les abandonnait pas au-hasard ; comme tout était autour d'elle, dans le voisinage des Hâlles, elle ſuivait par une porte-de-derrière, ét voyait, ſans être vue, preſque toutes les actions de Celles qui fesaient les achats: Quand ſes occupations l'en empéchaient abſolument, Mad. Thibaut la remplaçait.

Aulieu de Garſons-marchands l'ancienne Domeſtique de Celeſte avait deux Filles-de-boutique, d'un age-mûr, ét d'une conduite éprouvée : mais ces Filles étaient pour elle-ſeule ; jamais elles ne penetraient dans la maiſon, ni ne parlaient aux Elèves. La genereuse Mad. Thibaut quittait tout, pour accompagner Celles-ci, quand elles ſortaient, ou pour les ſurveiller : Elle ſe regardait comme appartenant à Celeſte ; elle élevait ſon Fils dans la deference ét la ſoumiſſion à ſa bonne Maitreſſe.

Ce Garſon était très-borné ; mais il était bon, innocent, naïf: S'il avait eu de mauvais exemples, il ſerait devenu un très-mechant ſujet, parceque la raiſon ét le bon-ſens lui auraient manqué, pour ſentir le danger du libertinage : mais il ne voyait que des actions honnêtes, genereuses; il n'avait ſous les ieux que la bonté de sa Mère, la vertu strićte, ét cependant aimable de Celeste, la naïve innocence de Julie ét des autres Elèves; comme le Cameleon il était ce qu'il approchait. Un grand ét utile exemple se presente ici: Celeste était tranquile, elle avait avec elle sa Sœur, qui lui donnait la double consolation d'un excellent naturel, ét d'une beauté seduisante, unie à l'esprit, à la penetration, à la justesse des idées: Qui changea cette situation heureuse, autant qu'il était possible, après ce qui était arrivé? La complaisance pour un Homme vertueux, reellement vertueux, aimable, charmant, tendre, genereux, introduit dans une maison, où jamais Homme n'avait mis les piéds.

Dorfeuil, l'ancien Amant de Celeste, était parti d'Europe, dans le double dessein de s'enrichir, ét de trouver un asile, dans un coin du globe, où il pût vivre heureux avec sa vertueuse Amante: ses vues étaient alors absolument romanesques, ét telles que les ont toujours les Amans, lorsqu'ils quittent une Maitresse adoréeau plûs-fort de l'ivresse: Ils croient bonnement qu'ils passeraient auprès d'elle, sans ennui, toute leur vie dans un desert; J'y consens de tout mon cœur, ét je leur souhaite un bonheur aussi doux, mais sans y croire. Arrivé en Amerique, Dorfeuil eut le bon-esprit de songer dabord au solide : Il fit valoir les fonds considerables qu'il avait apportés de France, ét comme l'argent est un tout-puissant mobile, dans ce pays-là surtout, il reüssit. On me demandera, dans quel pays de l'Amerique il était ? Dans la Guyane, le même pays que l'Espagne vient de ceder à la France, pour que nous couvrions ses riches possessions, en nous mettant entr'elle, ét des Peuples remuans, qu'elle redoute. Dorfeuil y commerça, y sema, y defricha, ét tira des forêts de ce pays des bois de construction, qu'il trouva le moyen de faire transporter, soit dans les Etats unis depuis, soit dans les Colonies espagnoles. Il ne perdait-cependant-pas-de-vue son projet favori : Dans un des voyages qu'il fit à La-Havane, dans l'Ile-de-Cuba, il eut le bonheur de rendre un grand service au Gouverneur, en-decouvrant une entreprise des Anglais, qui ne tendait à-rien-moins, qu'à s'emparer de la Ville ét de l'Ile. On lui offrit une recompense, ét dans son amoureux delire, il demanda Tinian, en toute proprieté, sous la souveraineté de la Courone d'Espagne. Cette demande surprit le Gouverneur, qui en demanda la raison ? Dorfeuil la dit bonnement, ét de ce ton de verité qui persuade toujours. On écrivit en Espagne : la reponse fut longtemps à revenir. Pendant ce temps-là, Dorfeuil fit un voyage aux Philippines, aux Moluques, à la Chine. Il vit l'Ile de Tinian, ét il obtint qu'on y descendît : Le sejour était charmant : mais dans un moment de solitude, Dorfeuil se representa, qu'il était habitant unique de cette Ile, avec Celeste, supposé qu'il pût la determiner à y venir ; que le vaisseau était éloigné ; qu'il était à la-merci de quelques Esclaves nègres, ou de Domestiques blancs, peutêtre plûs dangereux... Cette idée le fit fremir ! Tinian lui parut trop isolée ; il resolut de chercher un autre asile, où il serait independant, ét où il pourrait conduire une petite Colonie d'Êtres libres ét raisonnables, dont il serait le chef. Il observa ensuite, que le sol de Tinian était bien leger : la couche superficielle de terreau qui couvre le rocher, est le produit de cent, de mille siècles de vegetation dissoute, ét se reproduisant sans-cesse ; mais une fois cultivé, ce pays devait s'user très-vîte, ét ne laisser un-jour qu'un rocher pelé à ses malheureux Habitans, supposé qu'ils ne fussent pas detruits plutôt, par un effet de la politique europeane. Il quitta donc Tinian, avec la resolution de n'y jamais revenir.

Il gâgna beaucoup dans ce voyage; ce qui le consola de la perte de son Ile. En revenant, il toucha au Cap-de-Bonne-esperance: dans toute cette longue traversée, il ne trouva pas un seul endroit où il eût voulu se confiner, pour le reste de ses jours.

A son retour, il apprit que la Cour d'Espagne n'avait pas agreé sa demande. Il s'en consola facilement, ét après quelques nouvelles entreprises utiles, il partit pour l'Afrique, où il alait chercher des Nègres. Ce n'est pas que Dorfeuil approuvât ce commerce de Creatures humaines; mais il ne pouvait trouver d'autres bras, ét il était forcé de faire comme les Autres. En-parcourant tout ce qu'il osa visiter de l'Afrique, Dorfeuil fut effrayé de voir une terre brûlée, qui n'a de verdure que dans quelques vallons, ou près des rivières; encore ces endroits étaient-ils remplis de Serpens, ou de Betes-feroces. Il ne fut pas tenté d'y fixer son sejour. Il fit sa traite, ét partit, resolu de chercher en Amerique, un coin de terre avantageusement situé, dont il pût être le Souverain; il ne croyait pas impossible d'y faire tout-d'un-coup fleurir les arts utiles, ét d'y établir une civilisation inamissible: Il se proposa de faire alliance pour sa Colonie, avec les Etats non encore unis, quoiqu'il ne prevît pas leur future independance.

8 §. De tous ces projets, aucun ne reüssit: Dorfeuil doubla, tripla, decupla son fonds, ét aubout d'environ dix ans, il sentit un insurmontable desir de se fixer en France, au centre des beaux-arts, ét de l'urbanité europeane faits pour les Opulens. Il aimait encore Celeste; mais il sentait la possibilité de s'ennuyer auprès d'elle, dans un desert, tel que Tinian, ou l'interieur de l'Amerique. Il travailla pourlors à changer la nature de ses richesses, en les convertissant en marchandises de debit en Europe, ét surtout en France. Il trouva un habile Capitaine (c'était) M. De-Nouglans, officier de fortune, ét propriétaire d'un vaisseau, quoiqu'il eût commencé par être mousse: Dorfeuil acheta ce navire, dont il lui laissa le commandement.

Dans un voyage qu'ils firent ensemble, aux Indes orientales, ils se racontèrent leurs avantures. Nouglans n'avait pas un long recit à faire: Quelques Femmes-ſauvages, quelques Nègreſſes, des Européanes de la dernière claſſe, c'était à-peu-près tout ce qu'il avait vu. Mais l'hiſtoire de Dorfeuil devait être plûs intereſſante, ét après avoir entendu les triſtes prroueſſes de ſon ruſtique Ami, il prit la parole, en ces termes:

—Je ſuis né à Paris: Ma Famille eſt noble, mais ſans titres ét ſans emplois diſtingués. Mes Parens avaient de la fortune, ét ma Mère, jeune veuve d'un vieil Officier-general, quand mon Père l'épousa, lui avait apporté quinzemille livres de rentes. Je ne vous ferai pas les details faſtidieux de mon enfance: Je reçus l'éducation convenable, ét je perdis mon Père à l'âge de 20 ans. Ma Mère était groſſe d'une Fille, dont la naiſſance lui coûta la vie. On me fit émanciper, ét je me trouvai non-ſeulement maître de moi-même à 21 ans, mais tuteur de ma petite Sœur.

J'avais arrangé toutes mes affaires, ét je jouiſſais de ma liberté, lorſqu'étant alé au Palais-royal, ſur les dix heures-du-matin, j'y rencontrai une Jeuneperſonne charmante, qui ſe promenait ſeule. Je fus ſurpris! Je la regardais, ſans pouvoir m'en empêcher. Tandis que j'étais ainſi dans une ſorte de raviſſement, un

Jeunehomme, dont l'air repouſſant annonçait le plus effrené libertinage, vint lui prendre rudement le bras. —Hâ! mon Ami! (lui dit-elle), tu m'as bien fait attendre-! Il lui repondit par une brutalité. Je le crus ſon mari, ét j'en étais bien faché, quand j'entendis la charmante Perſonne le nommer ſon Frère! J'en treſſaillis d'aiſe. Il continuait de la bruſquer: enfin, il la quitta par boutade. Je m'approchai auſſitôt reſpectueuſement: —Mademoiſelle (lui dis-je), permettez que je remplace M. votre Frère juſqu'à votre porte? Vous êtes trop belle pour marcher ſeule ſans inconvenient, ét mon profond reſpect m'ordonne de m'y oppoſer? —Je ne vais qu'à deux-pas, Monſieur-. Cependant je l'accompagnai. Je parlais: elle repondait modeſtement. Jamais ſon-de-voix n'eut autant de douceur ét d'harmonie! Nous vimes les Oiſeaux aquatiques du jardin grillé: —Ils ſont triſtes (me dit-elle), loin de leur pays-natal! on les a tranſportés pour les rendre malheureux! —Vous avez l'âme ſenſible, Mademoiſelle! j'envie tous les Êtres, dont le ſort vous intereſſe-! Elle ſourit, ét ſe retira. Je marchai à-côté d'elle juſqu'à ſa porte. Elle me fit une reverence: —Mademoiſelle! (lui dis-je), eſt-ce pour jamais que je ſerai privé du bonheur de vous voir-? Elle rougit d'une manière charmante, sans me regarder, ét elle rentra chés ses Parens. Je levai les ieux, ét je vis au balcon son Père ét sa Mère: je les devinai, parcequ'un instant après, elle fut au-milieu d'eux. J'osai les saluer.

Je m'éloignai; je rentrai dans le jardin: J'aperçus bientôt la Jeunepersonne ét ses Parens sur un joli belvedère: Je restai dans l'alée des Tilleuls plùs de deux heures. A celle de se mettre à table, M. Amancour (c'est le nom du Père de la Bellepersonne), vint auprès de moi. Je l'abordai respectueusement; je me nommai; je le suppliai de me permettre de devenir une de ses Connaissances, en attendant que je pusse avoir le bonheur d'être un de ses Amis. Ce compliment parut lui plaire: Nous fimes quelques tours ensemble, pendant lesquels j'achevai de me faire connaître. Il avait été camarade de Collége de mon Père; il me cita de lui plusieurs traits que je savais deja: Nous voila donc presque liés: Il m'emmena; nous rentrames ensemble, ét je dînai à-côté de la belle ét touchante Céleste. M. Amancour parla de mon Père, durant tout le repas, comme d'un Ami qui lui avait été chèr, ét il m'exhortait à lui ressembler. Ce fut aînsî que je fis connaîssance avec la seule Persônne que je puisse jamais aimer, malgré les malheurs qui l'ont accablée depuis.....

M. Amancour avait trois Enfans, un Fils son aîné, Celeste, alors âgée de 16 à 17 ans, ét une seconde Fille qui ne fesait que de naître, nommée Julie; elle était de l'âge de ma petite Sœur. Celeste était la plûs belle Persônne qu'on puisse voir, non-seulement par sa figure noble ét regulière, mais par un air-de-douceur, de-bonté, un ton-de-raison, qui la fesait paraitre alors vingtdeux ou vingttrois ans. Je ne fis pas mystère de mes vues: je les exposai aux Parens, de Celeste dès le premier jour, ét j'obtins la permission de leur rendre des visites frequenres, à-condition, que je m'adresserais à eux, jamais à leur Fille. Que vous dirai-je? en quelques mois, je me fis également aimer des Parens ét de la Demoiselle; les Domestiques même me cherissaient. On m'avait accepté pour gendre; Celeste consentait à devenir mon Epouse; elle ne me parlait pas de son amour; elle avait trop de pudeur ét de modestie; mais elle me temoignait quelquefois son estime. Je menais une vie heureuse, uniquement occupé de mes affaires, que je mis dans le meilleur ordre.

Cependant, je m'apercevais quelquefois de certains troubles dans la Famille Amancour : Souvent la figure ouverte ét franche du Père, paraissait voilée par un nuage de douleur. C'était l'effet de chagrins que lui donnait la conduite de son Fils. Mais ce bon Père les dissimulait, ét tâchait de les cacher à sa Femme ét à sa Fille-aînée. Je fus une seule fois son confident, parce-qu'il avait besoin du secours d'un Tiers, pour calmer des Parens offensés-.

LE POLYGYNE.

La lecture des FAUTES SONT PERSONNELLES fut interrompue en cet endroit, par le bruit de la marche de plusieurs Femmes. Je sortis de chés la Marquise, ét je vis deboucher dans la rue Saintlouis, pour aler à celle de-Saintanastase, une sorte de jolie procession, composée de trenteune Personnes, un Homme ét trente Femmes masquées. Ce qui m'étonna, c'est que ces Dernières, par leur masque, ét leur goût-de-parure, ressemblaient parfaitement à trente Jeunes-personnes, de la Bourgeoisie ou du Marchand, les plús jolies de chaque quartier, que je connaissais de-vue, parceque la beauté, rare à Paris, s'y fait remarquer, comme dans une soirée sans nuages les Etoiles de la première-grandeur. Le

Jeunehomme donnait la main à Uneseule, qui était une belle Blonde. Tout ce monde entra dans une grande maison-à-porte-cochère. Je regardais machinalement, lorsque je fus remarqué par le Jeunehomme. Il vint à moi, ét me demanda, Ce que je fesais à pareille heure, seul, dans les rues ! —Je vous examine-! (lui repondis-je). —Que pensez-vous de moi ? —Bien des choses ! —Puis-je savoir ? —Non. —Qui êtes-vous ? —Le Spectateur-nocturne. —Hà !... Connaissez-vous la Jeunepersonne à quî je donnais la main ? —Oui, si elle ressemble à son masque. —Parbleu ! vous me paraissez original ! je veux vous donner à reflechir. Prenez ce papier, lisez-le, ét demain, rapportez-le moi-. Je pris l'écrit, ét je me retirai.

Table de la IV.me Partie, *Tome II.*

(La Suite dans la V PARTIE).

Juvenales qui ſe trouvent dans les IV PARTIES.

T. I, p. 211, *Paysan-Paysane-pervertis*, T. *II, p.* 420.
Idem, p. 223, *P.-P.-pervertis*, T. *IV, p.* 147.
Les Paſſions, T. *II, p.* 517, *Nouvel-Abeillard, p.* 237.
Page 572, *la* 242 *Contemporaine citée.*
Page 666, *la* 26 *Contemporaine citée.*
P. 669, *Juvenale citée*, T. *IV, p.* 80 *du P.-P.-pervertis.*
P. 830, *Juvenale à la fin du III Vol de la Maled. patern.*
P. 841, *Juvenale au Chap.* &, *IV Part. d'O-Ribeau.*
P. 849, T. *IV da P.-P.-pervertis, p.* 121.
P. 856, T. *IV du Paysan-Paysane-pervertis, p.* 130.
P. 861, T. *II du Paysan-Paysane-pervertis, p.* 485.
P. 865, *dans les Françaises, II Volume, p.* 63.
P. 870, *dans les Françaises, II Volume, p.* 152.

FIN de la IV Partie, ét du Tome II.

℞. *Les IV Parties ſuivantes ſont imprimées, ét paraîtront dans ſix ſemaines, ét les IV dernières, qui ſeront les plûs intereſſantes, ſix autres ſemaines après.*

www.ingramcontent.com/pod-product-compliance
Lightning Source LLC
LaVergne TN
LVHW010557110826
845149LV00003B/682

* 9 7 8 2 0 1 4 4 7 1 8 0 9 *